元代散曲选译

修订版

译注 彭久安
审阅 刘烈茂 金开诚

古代文史名著选译丛书

主编 章培恒 安平秋 马樟根

凤凰出版传媒集团 凤凰出版社

图书在版编目（CIP）数据

元代散曲选译 / 彭久安译注. -- 南京：凤凰出版社，2011.5
（古代文史名著选译丛书）
ISBN 978-7-5506-0371-4

Ⅰ.①元… Ⅱ.①彭… Ⅲ.①散曲－作品集－中国－元代 Ⅳ.①I222.9

中国版本图书馆CIP数据核字(2011)第042322号

书　名	元代散曲选译	
译 注 者	彭久安	
责任编辑	傅　扬	
出版发行	凤凰出版传媒集团	
	凤凰出版社(原江苏古籍出版社)	
	南京市中央路165号　邮编 210009	
	发行部电话 025-83223462	
集团网址	凤凰出版传媒网　http://www.ppm.cn	
照　　排	江苏凤凰制版有限公司	
印　　刷	江苏凤凰通达印刷有限公司	
	南京市六合区冶山镇　邮编 211523	
开　　本	960×1304毫米　1/32	
印　　张	10.375	
字　　数	168千字	
版　　次	2011年5月第1版　2011年5月第1次印刷	
标准书号	ISBN 978-7-5506-0371-4	
定　　价	21.00元	

（本书凡印装错误可向承印厂调换，电话:025-57572508）

《古代文史名著选译丛书》编委会

顾　问

周　林　　邓广铭　　白寿彝

主　编

章培恒　　安平秋　　马樟根

编　委

（均按姓氏笔划多少排列）

马樟根　平慧善　安平秋　刘烈茂　许嘉璐

李国祥　金开诚　周勋初　宗福邦　段文桂

董治安　倪其心　黄永年　章培恒　曾枣庄

（以上为常务编委）

王达津　吕绍纲　刘仁清　刘乾先　李运益

杨金鼎　曹亦冰　常绍温　裴汝诚

（以上为编委）

《古代文史名著选译丛书》修订版
出版说明

　　呈献在读者面前的这套《古代文史名著选译丛书》是2011年的修订版。全书共134册，包括了中国从先秦至清末两三千年间的著名典籍。每部典籍都选其精粹(《论语》《老子》则全文收录)，收录原文，加以简明的注释，力求准确地译为现代汉语，并于每一篇之前写有对该文的提示性说明。这是近一个世纪以来，规模最大、收录种类相对齐全、译注质量较高的一套普及传统文化的今译丛书。

　　这套丛书，原在1992年—1994年由巴蜀书社分三批出齐，印行过万套；不久，又由台湾的出版机构买去海外版权在台湾及海外发行，可见这套丛书当年在两岸受欢迎的程度。时隔17年，丛书编委会决定重新修订，改由江苏凤凰出版集团所属的凤凰出版社出版。

这套丛书是由教育部属下的全国高等院校古籍整理研究工作委员会（简称古委会）于1985年策划的。古委会组织了全国18所大学的古籍整理研究所的所长任编委会编委，由我们三人任主编，在全国范围内选请学有专长的学者承担各书的译注。从1986年—1992年，历时7年完成。当时，编委会制订了严明、可行的体例和细则，译注者按要求完成书稿。每部书稿完成后，都在全国范围内请编委会之外的专门研究这一学术领域的两位专家初审，合格后再请两位编委参照初审意见审改，然后退还原译注者改正。待原译注者改正后，再由编委会集中常务编委和部分编委、相关专家在一地将每部书稿从头至尾审改。这样的集中审稿会一般都在8—15天，7年中开了12次审改会。审改后，三位主编再集中在一起逐一审定，交付出版社。这一工作程序，使得这套丛书的译注质量有了一定的提高。所以，这套丛书，在一定程度上是个人与多人合作的结果。关于这套丛书的编纂始末，我们曾在1992年4月全书交稿后写有一篇文章，这次附在修订版书末，便于读者了解。

这次修订，是交由原译注者自己修改。少数译注者已去世，则书稿一仍其旧。个别译注者已联系不上，也保持原貌。

1992年—1994年出版时，书前有当时古委会主任周林先生写的序。周林先生是这一丛书的发起者。他已于1997年6月去世，至今已14年了。为了尊重历史，也为了纪念他，修订版仍用他的序。

我们三人在1985年—1992年主持这套丛书工作时，年龄大的是从51岁到58岁之间，年龄小的是从44岁到51岁之间，那时尚有精力组织、参与这一工作，今天我们都已年逾古稀。全书修订版出版之际，心情似乎比当年更惴惴不安地期待着读者的评头品足，期待着不要对读者贻误太多。

回想这套丛书，真应该感谢我们的祖先为我们留下了这样深厚、丰富的思想、文化遗产，使我们今天仍然受用无穷。应该感谢这套丛书的全体译注者、审阅者、编委和当年的出版者巴蜀书社、今天的出版者凤凰出版社，是他们的学识、辛勤与真诚使得这套丛书得以面世。

　　　　　　章培恒　马樟根　安平秋
　　　　　　　　2011年3月15日

序

《古代文史名著选译丛书》与广大读者见面了。这是丛书编委会的同志与众多专家学者通力协作、辛勤耕耘的结果。

中华民族在五千年漫长的岁月里,创造了光辉灿烂的文化,给人类留下了丰富的精神财富。"观今宜鉴古,无古不成今"。今天,以马克思主义的科学理论为指导,整理研究我国古代文化典籍,做到汲取精华,剔除糟粕,古为今用,推陈出新,使人们在正确认识民族历史的同时,得到爱国主义的教育,陶冶道德情操,提高全民族的文化素质,促进社会主义文化的繁荣,使文明古国的历史遗产得以发扬光大,这是我们每个炎黄子孙的责任。而要做到这样，对古籍进行整理与研究是重要的基础工程。但是，整理与研究古籍仅作标点、校勘、注释、辑佚还不够，还要有今译，使老年人、中年人、青年人都愿意去读，都能读懂，以便从中得到教益。

　　基于以上认识，全国高等院校古籍整理研究工作委员会于1986年5月组成了以章培恒、安平秋、马樟根三位同志为主编的《古代文史名著选译丛书》编委会，确定了以全国十八所大学的古籍整理研究所为主力承担这一看似轻易、实则艰巨的今译任务。在第一次编委会议上，拟定了《凡例》、《编写与审稿要求》、《文稿书写格式》和一百余种书目。以每一种书为十万至十五万字计算，这套丛书大约有一千余万字，应该说是一项大工程。经过一年的努力，完成了第一批三十六部书稿的译注任务。在各研究所的专家与所长把关的基础上，于1987年5月和7月，先后在复旦大学、北京大学召开了部分编委参加的审稿会，通过了二十五部书稿，作为《古代文史名著选译丛书》与广大读者见面的第一批作品。与此同时，在1987年7月6日，邀请了在京的十几位专家教授与编委会十几位编委一起座谈这套丛书与古籍今译的问题。专家们肯定了今译工作的必要性与深远意义,并以他们数十年的教学科研和创作的经验,说明今译是一项难度很大的工作,是培养人才,使之打下坚实基本功的一种有效方法;专家们还对《古代文史名著选译丛书》提出了宝贵的建议,这对当时的审稿工作和保证《丛书》的质量起了很好的作用。

实践证明,古籍的今注不易,今译更难。没有对作品的深入、透彻的研究,没有准确、通俗、生动的语言表达能力,要想做好今译是不可能的。两年多来,全国高等院校古籍整理研究工作委员会在探索古籍的今注、今译的道路上,做了一些工作。这部丛书的出版,是系统今译的开始,说明古籍整理研究工作有了新的进展。更可喜的是,一批中青年学者参加了今注今译工作,为古籍整理增添了新生力量,相信他们会在实践中,在学习中,成长成熟。我希望,这套丛书的编委会和高校各古籍整理研究所要敞开大门,加强同国内外专家学者的联系,征求他们和广大读者的意见,并向有真才实学而又适宜做今译工作的专家学者约稿,以提高古籍译注的水平,使《古代文史名著选译丛书》的第二批、第三批作品的质量更上一层楼。

这是一套以文史为主的大型的古籍名著今译丛书。考虑到普及的需要,考虑到读者对象,就每一种名著而言,除个别是全译外,绝大多数是选译,即对从该名著中精选出来的部分予以译注,译文力求准确、通畅,为广大读者打通文字关,以求能读懂报纸的人都能读懂它。我希望这套丛书能成为中小学教师的语文、历史教学的参考书,成为大专院校学生的课外读物,成为广大文史爱好者的良师益友。由于系统的古籍今译工作还刚刚起步,这套丛书定会有不少缺点、错误,也诚恳地希望读者批评指正。

巴蜀书社要我为这套丛书写序,我欣然接受了。我相信这套丛书不仅会使八十年代的人们受益,还将使子孙后代受益,它将对祖国的繁荣昌盛起到点滴的作用。最后借此机会向曾给予我们支持、帮助的专家学者和巴蜀书社的同志表示衷心的感谢!并殷切地希望台湾同胞、港澳同胞、海外侨胞和我们一同做好祖先留给我们的文化遗产的整理工作,为中华民族灿烂的文化再放异彩而努力!

周 林

1987年10月于北京

目　录

前　言 ……………………………………………	001
元好问　二首 …………………………………	001
小令　[中吕·喜春来]《春宴》(二首) …………	002
杨　果　一首 …………………………………	004
小令　[越调·小桃红]"采莲歌" ………………	004
刘秉忠　一首 …………………………………	007
小令　[南吕·干荷叶]《漫兴》 …………………	008
杜仁杰　一篇 …………………………………	010
套数　[般涉调·耍孩儿]《庄家不识构阑》 ……	011
王和卿　一首 …………………………………	019
小令　[仙吕·醉中天]《咏大蝴蝶》 ……………	019
商　挺　一首 …………………………………	022
小令　[双调·潘妃曲]"祝愿" …………………	023

胡祗遹　二首 …………………………………………… 025
　　小令　[中吕·喜春来]《春景》(二首) …………… 026
王　恽　二首 …………………………………………… 028
　　小令　[越调·小桃红]"平阳好处是汾西" ……… 029
　　　　　前　调　《尧庙秋社》 ………………………… 030
陈草庵　二首 …………………………………………… 033
　　小令　[中吕·山坡羊]《叹世》(二首) …………… 034
卢　挚　二首 …………………………………………… 037
　　小令　[双调·沉醉东风]《秋景》 ………………… 038
　　　　　[双调·蟾宫曲]《金陵怀古》 ……………… 039
关汉卿　二首一篇 ……………………………………… 042
　　小令　[南吕·四块玉]《闲适》 …………………… 043
　　　　　[双调·沉醉东风]"天南地北" ……………… 044
　　套数　[南吕·一枝花]《不伏老》 ………………… 045
白　朴　三首 …………………………………………… 053
　　小令　[中吕·喜春来]《题情》(二首) …………… 054
　　　　　[双调·沉醉东风]《渔父》 ………………… 056
姚　燧　二首 …………………………………………… 059
　　小令　[中吕·醉高歌]《感怀》 …………………… 060
　　　　　[越调·凭栏人]《寄征衣》 ………………… 061
庚天锡　一首 …………………………………………… 062
　　小令　[双调·雁儿落过得胜令]"名缰利锁" …… 063
马致远　二首一篇 ……………………………………… 066

小令	〔南吕·金字经〕《未遂》	……………………	067
	〔越调·天净沙〕《秋思》	……………………	068
套数	〔双调·夜行船〕《秋思》	……………………	070

王实甫 一首 …………………………………………… 077

小令　〔中吕·十二月过尧民歌〕《别情》 ………… 078

滕　斌 一首 …………………………………………… 081

小令　〔中吕·普天乐〕《劝世》 …………………… 082

姚守中 一篇 …………………………………………… 084

套数　〔中吕·粉蝶儿〕《牛诉冤》 ………………… 084

冯子振 一首 …………………………………………… 097

小令　〔正宫·鹦鹉曲〕《农夫渴雨》 ……………… 098

珠帘秀 一首 …………………………………………… 100

小令　〔双调·落梅风〕《答卢疏斋》 ……………… 101

贯云石 二首 …………………………………………… 103

小令	〔正宫·塞鸿秋〕《代人作》	…………………	104
	〔中吕·红绣鞋〕《欢情》	……………………	105

张养浩 三首一篇 ……………………………………… 107

小令	〔双调·雁儿落过得胜令〕《退隐》	…………	108
	〔中吕·红绣鞋〕《警世》	……………………	109
	〔中吕·山坡羊〕《潼关怀古》	………………	110
套数	〔南吕·一枝花〕《咏喜雨》	…………………	112

白　贲 一首 …………………………………………… 115

小令　〔正宫·鹦鹉曲〕"侬家鹦鹉洲边住" ………… 115

郑光祖 一首 …………………………………… 118
　小令　[双调·折桂令]《梦中作》 …………… 118
曾　瑞 二首 …………………………………… 121
　小令　[南吕·四块玉]《叹世》 ……………… 122
　　　　[南吕·骂玉郎过感皇恩采茶歌]《闺中闻杜鹃》
　　　　………………………………………… 123
睢景臣 一篇 …………………………………… 126
　套数　[般涉调·哨遍]《高祖还乡》 ………… 127
周文质 一首 …………………………………… 135
　小令　[正宫·叨叨令]《悲秋》 ……………… 136
乔　吉 四首一篇 ……………………………… 138
　小令　[中吕·红绣鞋]《书所见》 …………… 139
　　　　[中吕·山坡羊]《寓兴》 ……………… 140
　　　　[双调·蟾宫曲]《荆溪即事》 ………… 142
　　　　[双调·清江引]《即景》 ……………… 144
　套数　[南吕·梁州第七]《射雁》 …………… 145
苏彦文 一篇 …………………………………… 150
　套数　[越调·斗鹌鹑]《冬景》 ……………… 151
刘时中 一篇 …………………………………… 158
　套数　[正宫·端正好]《上高监司》 ………… 159
阿鲁威 一首 …………………………………… 174
　小令　[双调·蟾宫曲]《旅况》 ……………… 174
薛昂夫 二首 …………………………………… 177

小令　［正宫·塞鸿秋］"功名万里忙如燕" …………… 177
　　　［双调·楚天遥过清江引］"花开人正欢" …… 179

赵善庆 二首 …………………………………………… 181
小令　［中吕·山坡羊］《燕子》 ………………………… 181
　　　［双调·落梅风］《江楼晚眺》 …………………… 183

马谦斋 二首 …………………………………………… 184
小令　［双调·沉醉东风］《自悟》 …………………… 184
　　　［双调·水仙子］《咏竹》 ………………………… 186

张可久 五首一篇 ……………………………………… 189
小令　［双调·蟾宫曲］《九日》 ……………………… 190
　　　［越调·小桃红］《离情》 ………………………… 191
　　　［中吕·红绣鞋］《天台瀑布寺》 ………………… 193
　　　［中吕·卖花声］《怀古》 ………………………… 194
　　　［越调·凭阑人］《江夜》 ………………………… 196
套数　［南吕·一枝花］《湖上归》 …………………… 196

任　昱 一首 …………………………………………… 201
小令　［双调·清江引］《钱塘怀古》 ………………… 201

徐再思 四首 …………………………………………… 203
小令　［中吕·普天乐］《远村归帆》 ………………… 204
　　　［双调·沉醉东风］《春情》 ……………………… 205
　　　［双调·蟾宫曲］《姑苏台》 ……………………… 206
　　　［双调·水仙子］《夜雨》 ………………………… 208

孙周卿 一首 …………………………………………… 210

　　　　小令　[双调·蟾宫曲]《山中乐》……………… 210
顾德润 一首 ……………………………………… 213
　　　　小令　[南吕·骂玉郎过感皇恩采茶歌]述怀 …… 213
大食惟寅 一首 …………………………………… 217
　　　　小令　[双调·殿前欢]《奉寄小山先辈》………… 217
真　真 一首 ……………………………………… 221
　　　　小令　[仙吕·解三酲]"奴本是明珠擎掌"……… 222
景元启 一首 ……………………………………… 224
　　　　小令　[双调·殿前欢]《梅花》…………………… 224
查德卿 一首 ……………………………………… 227
　　　　小令　[仙吕·寄生草]《感叹》…………………… 227
赵显宏 一首 ……………………………………… 230
　　　　小令　[黄钟·刮地风]《别思》…………………… 230
唐毅夫 一首 ……………………………………… 233
　　　　小令　[双调·殿前欢]《大都西山》……………… 233
张鸣善 一首 ……………………………………… 236
　　　　小令　[双调·水仙子]《讥时》…………………… 236
杨朝英 一首 ……………………………………… 239
　　　　小令　[双调·清江引]"枫树叶" ………………… 239
宋方壶 一首 ……………………………………… 241
　　　　小令　[中吕·山坡羊]《道情》…………………… 241
周德清 一首 ……………………………………… 243
　　　　小令　[中吕·满庭芳]《看岳王传》……………… 244

钟嗣成 一首 ·················· 247
　小令 〔双调·水仙子〕《吊乔梦符》········· 247
汪元亨 一首 ·················· 251
　小令 〔双调·蟾宫曲〕《归隐》··········· 251
倪　瓒 一首 ·················· 254
　小令 〔双调·殿前欢〕"揾啼红"·········· 255
刘庭信 一首 ·················· 257
　小令 〔双调·蟾宫曲〕《忆别》··········· 257
汤　式 一首 ·················· 260
　小令 〔双调·庆东原〕《京口夜泊》········· 261
兰楚芳 一首 ·················· 263
　小令 〔南吕·四块玉〕《风情》··········· 263
无名氏 三首 ·················· 265
　小令 〔正宫·醉太平〕堂堂大元·········· 265
　　　〔中吕·朝天子〕《志感》（二首）······· 267

编纂始末 ·················· 001
丛书总目 ·················· 001

前　言

元曲,是我国文学发展史上的一座高峰,它瑰丽多姿,取得了和唐诗、宋词鼎立的地位。

所谓元曲,包括两种不同的文体:散曲和剧曲。散曲是一种合乐的唱词,即依据某种曲调创作的供人清唱的曲词,是诗歌;剧曲又称杂剧,除了唱词外,还有宾白(对话独白)和科泛(表情动作),是戏剧。散曲和剧曲都与音乐不可分离,它们的唱词都要合乐曲能歌唱,都须按曲调来填写。散曲和剧曲的关系,就如诗歌与诗剧一样。

散曲又名清曲,也称乐府。因为它要合乐,是按曲调写的,所以每支散曲前都标有宫调和曲牌。宫调是我国古代的音乐术语,是用来限定音调高低缓急、表达不同感情的。在宫调之后有曲牌,这是各种曲调(曲子)的名称,如[喜春来]、[山坡羊]等,它规定了每支曲子的句数、字数和韵脚,是表示词曲格式和曲子唱法的。有的为了突出主题,还在宫调和曲牌下面另标题目。

散曲按其体式,分为小令和套数两种。小令又叫叶儿,用一支曲子歌咏一事,一韵到底,是散曲的最小单位。为了表现较多的内容,有带过曲,又叫兼带曲,用同一宫调的曲子再带上一支或两支彼此音律衔接的曲子组成,如[双调·雁儿落带得胜令]、[南吕·骂玉郎过感皇恩采茶歌]等,"带过"二字连用,或任用其一,或用"兼"、"兼带"均可。带过曲是小令的发展与变体,仍属小令。套数又名套曲、散套,也有叫大令的,是由同一宫调的多支曲子联缀而成的一套有头有尾的组曲。它须一韵到底,中间不能换韵;每套必有正曲和尾声;正曲最少二支,最多可达三四十支;每支曲子的联缀次序,首曲、过曲、煞尾的组合,都有一定惯例,不能随意搭配。

散曲之所以在元代产生并得到繁荣发展,不是偶然的,是文学发展的内在规律决定的,是社会发展的客观条件促成的。

　　首先,散曲曲调来自民间小调。我国民间历来流传不少"俗谣俚曲"和"市井小唱",元人燕南芝庵在《唱论》中记载有宋元时期黄河流域地区盛行的各种民间小调:"凡唱曲有地所:东平唱[木兰花慢],大名唱[摸鱼子],南京(今河南开封)唱[生查子],彰德(今河南安阳)唱[木斛沙],陕西唱[阳关三叠]、[黑漆弩]。"由于地域生活习俗的不同和民间文艺传统的差别,这些民间小调都具有鲜明的地方特色,[干荷叶]、[山坡羊]、[采茶歌]、[黑漆弩]等民间曲调,都被直接吸收为散曲曲调,散曲就是在这种丰富多彩的民间曲调的基础上发展起来的。

　　其次,散曲吸收了少数民族的音乐养分。自十二世纪初开始,北方的女真、蒙古等少数民族先后入主中原,带来了北方民族的音乐曲调和伴奏乐器。当时在中原地区盛传的少数民族乐曲有[者剌古]、[阿纳忽]、[唐兀歹](见周德清《中原音韵》)和[洞洞伯]、[曲律买]、[清泉当当](见陶宗仪《辍耕录》)等。这些"胡曲番乐"的传入,打破了中原传统文化的藩篱,出现了各民族文化相互影响、彼此融化的新局面。旧曲不满足了,要求更为新声;旧词不适应了,希望另创新词。客观形势要求把外来的"胡夷之曲"和中原的"里巷之歌"有机结合起来,于是散曲这种新的抒情与歌唱样式便应运而生了。

再次,散曲是由词演化而来的。词到了南宋后期,题材日渐狭小,内容日益空泛,形式日趋僵化,风格流于柔媚,势必要被一种新的文学样式所代替。我们知道,元初不设科举,文人无进身之阶,"沉抑下僚,志不获展",因而有机会接触民间曲调,并为散曲这种新鲜活泼、自由舒展的新形式所吸引,于是纷纷利用这种新曲调来抒发自己的情怀。同时,元初的曲作家,大多精于词作,他们不仅将一些词调吸收为曲调,而且将词作中某些艺术手法也运用到曲作中来,元初的某些小令近似于词就是证明。加之,当时活跃于市井勾栏中的歌女伶工,基于词的衰落而日渐不能歌唱,迫于生计,也要求学习并运用散曲这种新的歌曲形式来进行演唱,有的还直接参加了创作。这样,由于作家、伶人们的努力,散曲这种新的艺术样式,无论曲词、曲调,也无论创作、演唱,都继承发展了词的艺术精华。

最后,散曲的繁荣发展是元代社会的客观条件促成的。元代农业、手工业恢复快,水运发达,特别是南北大运河的沟通,带来了城市经济的繁荣。勾栏、书会蓬勃兴起,成为文人优伶安身立命、交往唱酬的场所。同时,元蒙王朝的建立,使这个处于早期奴隶制的游牧民族,一下飞跃进入成熟的封建社会,因而缺乏严密的封建思想的控制,宗教文化政策较为自由开放。加之,蒙古民族是一个精骑术善歌舞的"马上民族",元蒙贵族对歌舞的特殊迷恋与大力提倡,等等,这一切都为散曲的繁荣兴盛提供了社会条件,促成了它的崛起。

元代是散曲创作的鼎盛时期,作者遍及社会各阶层,既有文人学者、歌伎伶工,也有达官显贵、平民百姓。遗憾的是这种通俗的大众文艺,历来被视为难登大雅的"小技",大都随作随弃,很少记录成集,全靠口头传播。因此流传下来的散曲数量,较之唐诗宋词相距甚远。隋树森先生辑录的《全元散曲》(二次增补后)收录散曲作家218人,散曲作品小令3885首,套数477篇及部分残曲。这只是今日所能见到的保存下来的篇数,实际创作数量肯定不止于此。

元代散曲,题材丰富,内容深刻,为我们认识元代社会提供了形象生动的历史画卷。

直接反映现实之作,是元代散曲中最富思想价值的部分。有的揭露人妖颠倒的世道,如张鸣善〔双调·水仙子〕《讥时》和无名氏〔中吕·朝天子〕《感志》等,尖锐指出出现鸡变凤凰、蛇充卧龙和造成"挫折英雄,消磨良善"的原因,在于"贤和愚无分辨","好和歹没条道"。有的抨击黑暗腐败的官场,如滕斌〔中吕·普天乐〕《劝世》和乔吉〔双调·蟾宫曲〕《荆溪即事》等,谴责"倚强压弱,胡作非为"的暴行,揭露群小擅权、"乌鼠当衙"的丑态;而无名氏〔正宫·醉太平〕《堂堂大元》则一针见血地戳穿了"贼做官,官做贼"的黑暗现实。还有的描绘天灾人祸给人民带来的深重苦难,如刘时中〔正宫·端正好〕《上高监司》和张养浩〔南吕·一枝花〕《咏喜雨》等,不仅描写了灾年饥民填街卧巷的惨状,揭露了奸商富户趁火打劫的歹毒;而且说明了灾情解除后,人民的苦难还没有完结,自然灾害不是造成人民苦难的根源。总之,这类作品客观地反映了残酷的现实,尖锐地揭露了社会矛盾,切实地表达了人民的心声。

怀古咏史之作,在元代散曲中是较多的。基于元蒙统治的残暴,作家不能直抒胸臆,只能借写往古的陈迹幽灵,来发内心的愤世嫉俗,名为怀古,意在伤今。有的控诉封建帝王征战不息、搜刮民脂民膏的罪行,如徐再思[双调·蟾宫曲]《姑苏台》,作家面对化为粪土的宫阙,追思生民涂炭的历史,发出了引人深思的长叹!张养浩[中吕·山坡羊]《潼关怀古》,则从历代王朝兴衰更迭的变化中,揭示了封建社会"兴,百姓苦;亡,百姓苦"的普遍规律,具有深刻的认识意义。有的谴责最高统治者的无耻行径,如睢景臣[般涉调·哨遍]《高祖还乡》,对封建君主指名道姓地进行讽刺嘲笑,着意刻画其装腔作势的丑态,彻底揭露其流氓无赖的本质,是对帝王神圣、君道尊严的大胆否定。还有的通过热情歌颂民族英雄、无情鞭笞民族败类,来抒发亡国之痛、黍离之悲,表达人民要求摆脱异族统治的强烈愿望。如周德清[中吕·满庭芳]《看岳王传》,含泪抒写亡国的惨痛:"闪杀人望旌节中原士夫,误杀人弃丘陵南渡銮舆",把广大群众要求雪我国耻、还我河山的爱国心和民族魂,充分地表达出来。这类散曲,说的虽是历史,指的却是现实,不是发思古之幽情,而是对现实的激愤。

归田退隐之作,专门反映知识分子对现实的不满。元代文人特别是汉族文人,大都没有出路,处于社会的底层,他们看到了社会的黑暗,认识到仕途的险恶,既不愿屈就妥协,又无力进行抗争,只好退让躲避,归田隐居,终日渔樵作伴、山水为乐,因而在散曲作品中抹上一层消极厌世情绪。但同是归田退隐之作,其思想倾向是有别的:一类是淡泊功名、厌恶官场,不愿与现实同流合污,"弃了官,辞了朝,归去好!"(曾瑞[南吕·四块玉]《述怀》),带着文人的清高气质,到大自然的怀抱中寻求精神慰藉。因而在散曲中极力描写田园风光的清秀,歌颂隐逸生活的闲适,赞赏超凡脱俗的情趣,这既是失意文人发泄心中郁闷不平之气的一种巧妙方式,也是对元蒙统治者表示不合作的一种温和反抗。另一类则由逃避现实到粉饰现实,由感叹人生如梦到鼓吹及时行乐,其总倾向是消极悲观的。有的远红尘寻求"安乐窝",忘宠辱只图"闲快活",宣扬消极颓唐的享乐主义;有的自己不思反抗,甚至反对一切抗争,宣扬"死生有命、富贵在天"的宿命论。这类作品是作者悲观厌世、自我沉沦的表现。

描绘自然山水的写景之作,历来为人们所称道。它和归田退隐类作品描写山水的主要区别,就是没有明显的阶级色彩和社会意识,而偏重于客观描绘自然景观本身,着力状写山水万物的形态气质。有的描绘大自然的奇观胜景,展现祖国河山的壮丽,如卢挚[双调·沉醉东风]《秋景》,把潇湘两岸峻拔绮丽的风光,洞庭四周开阔飞动的境界,如诗如画地表现出来,气势雄浑豪迈,使人陶醉着迷。有的描绘不同时令、不同地区的特殊景色,介绍淳朴健康的民俗民风,如元好问[中吕·喜春来]《春宴》,写农民喜迎新春的忙碌欢快,反映出农村生活的生气盎然;王恽[越调·小桃红]《尧庙秋社》,写古晋人民秋后庆丰收祭土神的热闹情景,记录临汾地区的淳朴习俗,情调清新明朗,令人赏心悦目。有的摄取令人神往的自然景色,组合成意蕴无穷的特殊画境,如马致远的[越调·天净沙]《秋思》,寥寥二十八个字,就画出一幅深秋黄昏时的游子远行图,使人身临其境,心领其神。还有的以白描手法写树木花草,再现其绰约风姿,如马谦斋[双调·水仙子]《咏竹》,竹的形态气质跃然纸上,给人启迪和愉悦。当然,这类写景散曲,也是作者主观世界的反映,带有一定思想倾向,但从不直接倾诉、明白说出,而是借助客观景物的自然美、艺术美的迷人魅力,作用于人的感情世界,因而具有为全社会民众共通共识的审美价值。有的还能超越时空限制,长久激动人心,具有永恒的生命力。

男女爱情是散曲的重要题材,创作数量大,表现形式多。有的大胆追求爱情,决心冲破家长阻拦,"越间阻情越忺"(白朴[中吕·喜春来]《题情》);有的蔑视封建礼教,公然私下幽会,"云窗同坐"、"月枕双歌"(贯云石[中吕·红绣鞋]《欢情》);有的祝愿有情人皆成眷属,祈求"普天下心厮爱早团圆"(商挺[双调·潘妃曲]"祝愿");还有的否定郎才女貌的封建婚姻观,主张爱情要"心真"、"情厚"(兰楚芳[南吕·四块玉]《风情》)。这些爱情散曲,是射向封建礼教的支支利箭。封建社会中钟情的男女,没有团聚的欢乐,只有离别的哀怨(如关汉卿[双调·沉醉东风]"天南地北")和别后相思的苦楚(如王实甫[中吕·十二月过尧民歌]《别情》),对封建社会中男女爱情的悲惨遭遇,散曲进行了含泪带血的控诉。此外还有青楼歌女的悲辛(如珠帘秀、真真等人之作),孤舟游子的乡愁(如汤式[双调·庆东原]《京口夜泊》),边塞征夫的怨恨(如阿鲁威[双调·蟾宫曲]《旅况》)等等,有的虽超越了男女爱情的范畴，但叙说的都是和妇女命运相关的离别之苦，并通过人物内心的感情体验来表现，因而也都缠绵悱恻，真挚动人。这种个人的离愁别怨，总是和一定的具体环境相联的，具有某种社会意义，也反映了一定的社会现实。

以上是元代散曲内容的几个主要方面。它有积极健康的民主性的精华，也有一些消极颓废的封建性的糟粕，如鼓吹忍辱退让、放荡不羁的处世态度，宣扬听天由命、及时行乐的人生哲学，赞赏飞黄腾达、巧取豪夺的暴戾，炫耀帝王将相、高官显贵的殊荣，以及某些庸俗无聊、低级黄色的作品，阅读时要注意分析，做到弃粗取精。

曲，作为一种新的文艺样式，有其独具的艺术特色，有它自身的质的规定性。它直接从词发展而来，突破了词的约束：

首先，句式的突破。词和曲都是合乐的长短句式。每一词调的句数、每句的字数、每字的平仄，都有严格的格律限制。而曲突破了这种限制，可以自由增加衬字，词则不能。散曲中的衬字，不拘字数，不讲平仄，既可补充语义，又能增强声情。由于衬字的运用，散曲中出现了各种长短不同的句子，短的一字一句,长的三四十字一句都有。有些曲调中的衬字,由于反复出现,逐渐变为一种定格,如[叨叨令]中的"也么哥",[一半儿]中的"一半儿"等,都成了曲中的固定句子。有些曲调还可增减句子,如[蟾宫曲]正格为十一句七韵,最后三个四字句,可根据情况而增减。有些套数还可以增减曲调,如[双调·夜行船],除首曲[夜行船]、尾曲[离亭宴煞]外,中间过曲不固定,常见的[风入松]、[庆宣和]、[新水令]等,可任其选用,多少不一。这样,散曲的句式较之于词就更加自由活泼、变化多姿了。它充分体现了曲的韵律美和节奏美,增加了散曲的生动性和表现力。

其次,音韵格律的突破。词的格律比较严格,曲则较为灵活:词强调平仄四声,讲究阴阳清浊,曲只有三声,入声分入平上去三声;词平仄分别押韵,不能乱,韵脚疏,曲平仄可以互相押韵,韵脚密;词可以换韵、不能重韵,曲一韵到底,不能换韵,可以重韵。由于曲律的自由灵活,促进了散曲语言与口头语言的接近。

再次,语言风格的变化。与词典雅艳丽、雕琢铺饰的风格相反,散曲的语言清新明快、自然朴实。

它直接吸收方言俗语,如"葫芦提"、"畅好是"、"闪煞"、"兀的"等入曲,也加工提炼土语、外来语,使之成为一种共通共识的新型词语入曲。文人作家特意将古典诗词中的名篇名句,加以熔铸冶炼、融化活用,使之和人民的语言掺和糅合,一致起来。还将诗词中常用的排句、叠句和对句等修辞手法运用到曲作中来,创造出各种句数的对句,如合璧对(二句)、鼎足对(三句)、连璧对(四句)、联珠对(多句)等;还有各种字数的对句,如三字对、四字对和五字对句等。总之,散曲语言既保持了通俗化、群众化的特点,具有民间风格;又继承了诗词韵味,富于节奏感和音乐美,是一种雅俗共赏,为广大民众所喜闻乐见的语言。

最后,艺术表现风格的不同。由于散曲与诗词各自在语言等方面的不同,就决定了它们在艺术表现的风格上彼此截然不同的特色:诗词贵在含蓄蕴藉,讲究意味无穷,主张"有有余不尽之意"(张炎《词源》),一般多用比兴手法,象征比喻,似有若无,言而不明,含而不露,是其艺术表现的特色。散曲则讲究直率明快,毕露无遗,喜欢尽情尽兴,淋漓痛快,一般多用赋的手法,直述白描,精心刻画,反复铺陈,多方夸饰,是常见的表现手段。关于词曲艺术风格的不同,词曲学家任讷先生作过全面精到的概括:"词静而曲动,词敛而曲放,词纵而曲横,词深而曲广,词内旋而曲外旋,词阴柔而曲阳刚,词以婉约为主,别体则为豪放,曲以豪放为主,别体则为婉约,词尚意内言外,曲竟为言外而意亦外。"(《散曲概论》)

　　散曲突破了诗词,因而不同于诗词;散曲又继承了诗词,吸收和运用了诗词的艺术表现方法,如象征拟人、对比烘托、意内言外等,在散曲中都有巧妙独到、娴熟自如的运用。

　　如写景,散曲借鉴并充分运用了诗词中常用的情景交融寓情于景、以景传情的艺术表现方法。有的是先摄取大自然中富有表意性的个别景物,然后进行巧妙组合,使之形成一种特殊的意境,引起人们的无限联想,使读者自然地领悟到景中隐藏的深情。如前面提到过的马致远的写景杰作《秋思》,前四句都是客观写景,只最后一句写了人,作者用平列的几组景物特写镜头,就把天涯游子的忧伤情绪烘托出来了,实际上句句有情,情在景中,这样的写景,表现了丰富的内容。有的是将某种主观感情,自然地注入到景物中去,使客观景物带有明显的主观感情,如任昱[双调·清江引]《钱塘怀古》,见到钱塘江,顿生"凄凉意","江流今古愁,山雨兴亡泪",悠悠江水,流淌着古往今来的无尽愁恨,潇潇山雨,洒落着国家兴亡的伤心泪水。作者内心的伤情与钱塘山水的凄凉交织一起,引发联想,深化主题。总之,不论是藏情于景的客观写景,还是注情于景的带情写景,景与情总是水乳交融,成为一体的。"一切景语,皆是情语",这话是不假的。

又如抒情,散曲继承了诗词常用的直抒胸臆的方法,并发挥得更充分。有的把笔触伸入人物内心深处,客观细致、准确如实地描绘人物的心理活动,如姚燧[越调·凭栏人]《寄征衣》,只写了思妇为征夫寄衣的矛盾心理,没有任何说明与提示,就把他们真挚、深沉而又炽热的爱情表达无遗,感人至深。有的是将感情物化,把抽象的感情通过具体形象表现出来,如"一行雁一行愁字"(赵善庆[双调·落梅风]《江楼晚眺》),"一点芭蕉一点愁"(徐再思[双调·水仙子]《夜雨》),这里无尽的愁绪变为飞动的雁行,伤心的愁泪化作火红的芭蕉,抽象的愁变成为具体、鲜明、生动的视觉形象,使读者感到这种愁的幽远与强烈,能引起无限的思绪。这和前面说的把主观感情注入客观景物的表现方法,相辅相成,有异曲同工之妙。

　　散曲还有一种胜过诗词的抒情方法,这就是用人物的语言,通过主人公的嘴直接说出,即用第一人称口吻,直接述说思想感情。如关汉卿[双调·沉醉东风]"天南地北",写送别情人,只用"保重将息"、"好去者,望前程万里"两句临别前相嘱相勉的话,就把依依惜别之情、殷殷期待之意全部表达出来,缠绵真挚,十分动人。有的则通过人物的动作,表现人物的个性,如徐再思[双调·沉醉东风]《春情》,写突然见到久别情人,不敢人前招呼,于是灵机一动"我这里高唱当时水调歌,要认得声音是我"!这个高声歌唱的动作,不仅表现了这位女子的聪明机智,又表明了她对爱情的热烈追求,既符合青春少女的羞涩心理,又具备民间姑娘的活泼作风。还有的是描绘人物活动环境,在具体环境中刻画人物的行为举止和心理活动,综合运用多种方法,从语言、动作、心理诸方面一起来表现人物。这主要用在容量较大的套数中,如睢景臣[般涉调·

哨遍]《高祖还乡》，写在一个具体的乡村中，各色人等在迎驾前后的所见所闻、所作所为和所思所想。人们奇特的举动、生动的语言和复杂的心态，都描绘得活灵活现，惟妙惟肖。

此外，散曲也充分发挥了讽刺艺术的特点，普遍采用对比拟人、艺术夸张等手法，来突出形象、强化感情，大量吸收反语谑词、方言俗语，增加了作品嬉笑怒骂、幽默诙谐的艺术情趣。元代散曲中有不少优秀讽刺作品。

总之，元代散曲是祖国文化宝库中的珍贵遗产，无论思想上和艺术上，都有许多优秀的东西，值得我们学习、借鉴、继承和发扬。

根据思想性和艺术性统一的原则，本书选译元代作家55人的散曲作品，计小令80首，套数10篇。为了反映元代散曲全貌，既注意了不同类型、不同流派作家的代表性，也注意了作品题材的广泛性和形式风格的多样性。

本书选译的元代散曲，主要参考了隋树森先生的《全元散曲》，并将曲牌异名作了统一。个别地方遇有异文，根据不同选本择善而从，正文全部改用新式标点。

散曲书写款式依照传统习惯，先标宫调、曲牌，次书题目；原无题者由选译者另加，用""符号标明。正文曲首不重标曲牌，套数从第二曲起齐头标曲牌。

本书体例，先有作者简介，然后在每一篇目之下，依次分为提示、原文、注释、今译四部分。提示简要说明该篇思想内容和有关背景情况，并稍作艺术分析，为读者进一步理解提供参考。注释主要放在对人物事件、成语典故、方言俚语、生词难句的解释上，对个别生僻字词注了拼音。译文采用新诗形式，不作对句直译，在保持全曲原意的前提下，力求译文的新诗形式美。

散曲本身就是一种较为自由活泼、浅明通畅的新体诗，再作今译，委实不易，笔者不揣浅陋，贸然地进行了初步尝试，错误不妥之处在所难免，敬祈专家、读者批评指正。

本书初稿完成后，承蒙北京师大古籍所所长李修生教授审阅，提出了许多极好的修改意见，谨表示衷心的感谢。

彭久安（北京师范大学古籍与传统文化研究院）

元 好 问

元好问(1190—1257),字裕之,号遗山,秀容(今山西忻州)人。金元期间的著名文学家、诗人。他目睹蒙古灭金的暴行,经历国家兴亡的变化,金亡后隐居故乡,专门从事著述,写下了许多现实主义诗篇。著《遗山先生文集》四十卷,反映了当时的民族矛盾;编《中州集》十卷,保存了金代249人的诗作。散曲仅存小令9首。

小 令

[中吕·喜春来]①

春宴(二首)

《春宴》原作四首,这里选译的是第一、二首。前首紧扣春宴主题,写乡村迎春的忙碌与喜悦,每句含一个"春"字,把春天在人们内心深处激起的感情,表达得既形象又充分。后首刻画早春景色,通过嗅觉与视觉的特殊感受,惟妙惟肖地描绘出早春的生机勃发、春意盎然。全曲格调清新明朗,欢畅和谐,令人陶醉。

春盘宜剪三生菜②,春燕斜簪七宝钗③。春风春酝透人怀④。春宴排,齐唱喜春来。

---

① [喜春来],又名[阳春曲],是散曲中常用的曲牌,宜于写景抒情。句式为七七、七、三五,共五句五韵,开头两句一般为对句。 ② 春盘:古代习俗,立春日将新鲜蔬菜、果品、春饼等置于盘中,作迎春喜庆之用,称为春盘。民间互赠,共庆新春。 ③ 春燕:古代立春日,少妇们有剪彩燕戴在头上以示迎春的习俗,此处指少女们经过梳扮的秀发。 ④ 春酝(yùn蕴):春酒。

梅残玉靥香犹在①,柳破金梢眼未开②。东风和气满楼台。桃杏拆,宜唱喜春来。

【翻译】

迎新的"春盘"摆好了多种鲜菜,
少女的秀发斜插着七宝金钗。
春风和春酒,醉彻人心怀,
迎春盛宴大摆开,
大家同唱[喜春来]!

玉白梅花凋谢了,沁人馨香依然在,
柳尖绽出嫩黄丝,柳叶睡眼还未开。
东风徐徐吹,春意暖楼台,
桃红杏白竞相开,
正好高唱[喜春来]!

---

① 靥(yè 夜):酒窝。玉靥,白嫩可爱的面庞。宋元间妇女贴在额上或脸颊上的花子也叫靥,那是用彩纸和金属片剪成小型花鸟形状,用胶粘贴的。 ② 眼未开:初生柳叶细长,如人睡眼初开,称为"柳眼"。眼未开,指柳树新叶还未长出来。

杨 果

杨果(1195—1269),字正卿,号西庵,祁州蒲阴(今河北安国)人。在金朝做过县令,入元后做过参知政事、怀孟路总管。是元初著名散曲家,长于乐府。著有《西庵集》,散曲现存小令11首,套数5篇。

小 令

[越调·小桃红]①

"采莲歌"

杨果现存的11首小令,全为[越调·小桃红],前八

---

① [小桃红],又名[绛桃春]、[武陵春]、[采莲曲],句式为七五七、三七、四四五,共八句六韵,第六、七两句可不用韵。

首无题,此为第三首,现摘取首句中"采莲歌"三字为题。写采莲歌声惊破了人们的美梦,引起了对故国亲人的忧思,表达了作者对金朝覆灭的无限伤情。写得含蓄委婉、清雅幽深。虽然采用的是民间曲调,仍然带有词的风韵,表明了由词向曲的过渡,这是早期散曲作品中的普遍现象。

采莲人和采莲歌,柳外兰舟过①,不管鸳鸯梦惊破。夜如何?有人独上江楼卧。伤心莫唱,南朝旧曲②,司马泪痕多③。

【翻译】

采莲人唱采莲歌,

一人唱罢众人和。

---

① 兰舟:用木兰树造的船,也泛指装饰精美的小船,此处借指采莲船。 ② 南朝旧曲:指南朝陈后主作的乐府曲《玉树后庭花》,因其荒淫误国,后人称为亡国之音。此处泛指南朝地区流行的歌曲。 ③ 司马:唐代州府中的辅佐官,协助长史处理政务。司马泪痕,唐代诗人白居易被贬为江州司马,一次在浔阳江边听一歌女弹奏琵琶,诉说其不幸遭遇,白氏联系自己政治上的失意,感慨殊深,作长诗《琵琶行》,最后两句为"座中泣下谁最多?江州司马青衫湿"。此处作者借以自喻,意在说明自己伤心之极,泪流之多。

依依垂柳拂岸边，
采莲船儿穿梭过。
惊起水中双鸳鸯，
哪管情人美梦破。
沉沉黑夜怎么过？
有人独上江楼卧。
请君莫唱南朝曲，
伤心人听了泪水多。

刘　秉　忠

刘秉忠(1216—1274),初名侃,字仲晦,自号藏春散人。邢州(今河北邢台)人。金末弃官隐居为僧,更名子聪。元初为元世祖忽必烈重用,又改名秉忠,拜光禄大夫,参与元蒙建国的运筹决策,为元开国名臣。著有《藏春散人集》,散曲存小令12首。

小 令

[南吕·干荷叶]①

漫 兴

《漫兴》是刘秉忠模拟俗曲小调之作。原作共八首,此为第一首,描绘了秋风秋霜对荷叶的摧残,渲染了一种威严萧索的凄凉气氛,既表达了作者因衰老逼人而又不甘寂寞的无限伤情,又抒发了自己对繁华易逝和人世沧桑的难言感慨。写景状物,传神切贴;缘物抒情,浑然一体。既具民歌风格,又有诗词韵味,是散曲作品中文人创作吸收民歌养分的例证。

干荷叶,色苍苍②,老柄风摇荡。减了清香,越添黄。都因昨夜一场霜,寂寞在秋江上。

【翻译】

干萎的荷叶颜色青苍,
衰老的荷茎随风摇晃。

---

① [干荷叶],一名[翠盘秋],是民间俗曲小调,用首句作曲牌名,民歌中常见。句式为三三五、三三、七五。共七句七韵,也有六韵的,起句不用韵,这首即是。 ② 苍苍:灰青色。初秋,荷叶由碧绿变为灰青,近似灰白。

慢慢地减少了清香，
渐渐地增添了枯黄。
只因为昨天夜里的一场寒霜，
它孤寂地挺立在凄冷的秋江上。

刘秉忠

杜 仁 杰

杜仁杰(约1201—1283),字仲梁,号止轩,原名之元,字善夫(或善甫),济南长清(今济南长清区)人。金末隐居内乡(今河南西南部)山中,入元以后,多次征召不出,世称杜散人。性善谐谑,才宏学博,气锐笔健,为元好问所称赏。诗集有《杜善夫先生集》一卷,散曲存小令1首,套数4篇,残曲1段。

套　数

[般涉调·耍孩儿]①

庄家不识构阑②

《庄家不识构阑》是一篇珍贵的戏曲史料,对元初的戏曲演出实况——诸如剧场的设置和构造,演员的化妆和表演,演出的道具和乐器,剧目的名称和内容,以及剧中的人物角色等,都作了真实的描绘,反映了我国早期戏曲的概貌和特色,因而为戏曲史家所重视。通篇从一个农民的眼中,写他进城看戏的全过程,层次清楚,描摹逼真。作者紧紧抓住"不识构阑"的特点,从农民的生活经验和艺术趣味出发,把他初次看戏时的新奇惊喜情状和他对剧情的理解评价,全都用他自己独特的语言表现出来,生动活泼、情趣盎然。既有对客观场景、人物肖像的细致描绘,又有对人物心理活动的微妙刻画,前者写得历历如画,后者表现栩栩如生,充分发挥了散曲写景

---

① [般涉调·耍孩儿]:是北曲联套曲之一,多用[耍孩儿]作首曲,后面连用[煞]曲数支,最后以[尾声]作结。[耍孩儿]又名[磨合罗],仅用于套曲,不用作小令。句式变化多,基本句式为七七、七六、七七、三、四四,共九句六韵,第三、五、八句可不用韵。　② 构阑:亦作"勾栏",宋元年间艺人们表演技艺的场所,相当于后世的剧场,因四周有栅栏,故称。

状物的特长。尤为明显的是,作者吸收了说唱文学的优点,全篇都用口语,以第一人称方式直接叙说,读起来就特别亲切流畅,幽默有趣,使作品具有浓厚的生活气息和强烈的地方色彩。

　　风调雨顺民安乐,都不似俺庄家快活。桑蚕五谷十分收,官司无甚差科①。当村许下还心愿,来到城中买些纸火。正打街头过,见吊个花碌碌纸榜,不似那答儿闹穰穰人多。
　　【六煞】见一个人手撑着椽做的门,高声的叫"请请",道"迟来的满了无处停坐"。说道"前截儿院本《调风月》②,背后么末敷演《刘耍和》③"。高声叫:"赶散易得,难得的妆合④。"
　　【五煞】要了二百钱放过咱,入得门上个木坡,见层层叠叠团圞坐。抬头觑是个钟楼模样,往下觑却是

---

① 差(chāi 钗)科:徭役和捐税。　②院本:金元时行院演出的脚本。体裁与宋杂剧相同,是北方宋杂剧向元杂剧的过渡形式。《调风月》:剧名,关汉卿有杂剧《诈妮子调风月》。　③么(yāo 腰)末:杂剧别名。刘耍和:金元间著名演员,曾为金代教坊色长(类似领班)。这里《刘耍和》是指以刘耍和故事编成的杂剧。　④赶散:赶场的散乐戏班,指较为简易的表演。妆合:喝彩,叫好,此指构阑里的精彩演出。

人旋窝。见几个妇女向台儿上坐,又不是迎神赛社①,不住的擂鼓筛锣。

【四煞】一个女孩儿转了几遭,不多时引出一伙。中间里一个央人货②,裹着枚皂头巾,顶门上插一管笔,满脸石灰更着些黑道儿抹。知他待是如何过?浑身上下,则穿领花布直裰③。

【三煞】念了会诗共词,说了会赋与歌,无差错。唇天口地无高下,巧语花言记许多。临绝末,道了低头撮脚④,爨罢将么拨⑤。

【二煞】一个妆做张太公,他改做小二哥,行行行说向城中过。见个年少的妇女向帘儿下立,那老子用意铺谋待取做老婆。教小二哥相说合,但要的豆谷米麦,问甚布绢纱罗。

【一煞】教太公往前那不敢往后那⑥,抬左脚不敢抬右脚,翻来覆去由他一个。太公心下实焦燥,把一

---

① 迎神赛社:为求神或酬神,用仪仗、鼓乐迎神出庙,游街过巷,或就地在庙宇内搬演杂剧百戏的一种民俗。 ② 央人货:即殃人货,害人精,指剧中丑角。 ③ 直裰(duō 多):长袍。 ④ 低头撮(cuō 磋)脚:低下头并拢脚,演员谢幕的一种姿势。 ⑤ 爨(cuàn 窜):亦称艳段,宋杂剧、金院本中某些简短表演的名称。么:即么末,见前注。 ⑥ 那(nuó 挪):同"挪"。

个皮棒槌则一下打做两半个①。我则道脑袋天灵破,则道兴词告状,划地大笑呵呵②。

【尾】则被一胞尿爆的我没奈何,刚捱刚忍更待看些儿个,枉被这驴颓笑杀我③。

【翻译】

风调雨顺年成好,

全国百姓都安乐,

谁也没有咱庄稼人快活。

采桑养蚕种五谷,

样样都有好收获,

官府没有太多的赋税和劳役。

当初村里求神拜佛许下心愿,

今日来到城里买些纸钱香火。

不知不觉我正打街头走过,

看见门前吊个花花绿绿的纸榜,

吵吵嚷嚷真热闹,

哪儿都没这里人多。

---

① 皮棒槌:亦叫搋瓜,一种用软皮包棉絮做的道具。 ② 划(chǎn产)地:平白无故地。 ③ 驴颓:驴的雄性生殖器,借作骂人之词。此句指被戏中张太公的表演引得发笑难忍。

见一个人手撑着瓦橼子做的门,
一个劲地高声叫道:"请呵请呵!"
"来迟了,客满了,就无位子坐!"
还扼要地加以介绍和解说:
"前半场演的是著名院本《调风月》,
　　后半场演的是杂剧《刘耍和》。"
最后扯着嗓子吆喝:
"赶场的散乐到处都有,容易看到,
　　精彩的杂剧机会难得,切莫放过!"

门人要了二百钱将我放过,
进了门走上一个木制台坡,
就看见观众层层叠叠围圈坐。
抬头往前看,戏台像座钟楼阁;
低头向下看,观众围坐似漩涡。
还看见几个女的往台上坐,
又不是村里的迎神赛社,
却照样不停地打鼓敲锣。

一个女孩子在台上转了几圈,
不一会儿引出来人物一大伙。

其中一个害人精模样是丑角:
黑色方巾头上裹,
脑门前插翎毛笔一管;
脸上涂满石灰粉,
更把几条黑道往上抹。
不知他的日子怎样过?
一件花布长袍身上裹。

唱戏的先念了一阵子诗和词,
接着又唱了一会儿赋和歌。
说唱功夫都圆熟,
一星半点无差错。
谈天说地,任他信口开河,
花言巧语,随意说了许多。
到末了只见他低头撮脚,
做了个致谢动作。
艳段的开场表演就此结束,
杂剧的正式演出马上开幕。

一个演员扮演那张太公,
刚才的丑角改做小二哥,

他们二人亲亲热热、兴致勃勃，
边走边说从城中经过。
看见一个年轻美丽的妇女，
站在门帘下招人眼目。
张太公突然起了邪念，
想方设法要娶她做老婆。
要小二哥帮他做媒说合，
只要那小娘子肯答应，
既不管她要多少豆谷米麦，
也不论她要多少布绢纱罗。

小二哥乘机捉弄张太公，
教他往前挪，他不敢往后挪，
叫他抬左脚，他不敢抬右脚，
翻来覆去全由小二哥弄拨。
张太公被摆弄得实在焦急烦躁，
把个皮棒槌一下打折成两半个。
我以为小二哥的天灵盖被打破，
说要写呈词衙门告状打官司，
却不料二人平白无故地大笑呵呵！

一泡尿憋得我没奈何，
我使劲地捱着忍着。
想再待会儿看个结果，
白被这驴颡笑死了我。

王 和 卿

王和卿,生卒年不详。大名(今河北大名县)人。与关汉卿友善,先卒于关。性格疏狂放荡,作品滑稽谑谐。现存散曲小令21首,套数2套,另残曲1段。

小 令

[仙吕·醉中天]①

咏 大 蝴 蝶

这首小令,塑造了一个特大无比的大蝴蝶形象。有

---

① [醉中天]:仙吕宫的一个曲调。句式为五五、七五、六四四,共七句七韵。首二句一般要对。

人认为通过大蝴蝶吓杀采花蜜蜂、赶走卖花人的事实，揭露其摧残美好事物、以强凌弱的可恶面目，借以讽刺元代社会那些耽于寻花问柳、夺人妻女的"花花太岁"，鞭笞那些仗势欺人、抢人财物的强豪恶少。有人认为这是作者放荡不羁生活态度的写照，借蝴蝶的佻达讥谑、蔑视一切，表达了作者对现实的不满。这首小令，想象奇特、手法夸张、语言戏谑，是一首风格新颖、情趣特别的咏物小令。

弹破庄周梦①，两翅架东风。三百座名园、一采一个空。难道风流种②，唬杀寻芳的蜜蜂③。轻轻的飞动，把卖花人扇过桥东。

【翻译】

硕大的蝴蝶呀，打破了庄周的梦，

扇动有力的双翅，驾起强劲的东风，

---

① 庄周：即庄子，战国时期哲学家，道家学派代表。庄周梦，《庄子·齐物论》说，庄周梦见自己化为蝴蝶，栩然飞动，甚是得意，醒来之后，不知是庄周在梦中变成了蝴蝶，还是蝴蝶在梦中化为庄周。　②难道：难以形容、不能说出口的意思。风流种：指寻花问柳之辈、贪财好色之徒，也可指有真才实学而又放荡不羁的人士。　③唬(xià下)杀：即吓杀。

多少名园花卉,被它一一采空。

这不可名状的风流情种,

吓坏了多少寻芳采花的勤劳蜜蜂。

它轻轻地飞动,

把卖花人扇到了桥东。

商　　挺

商挺(1209—1288),字孟卿,一作梦卿,晚年号左山老人。曹州济阴(今山东荷泽)人。与诗人元好问等交游。元初为行台幕官,后升至参知政事、枢密副使,晚年因病免职。善写隶书,也会山水画,著诗千余篇,多散佚,散曲今存小令19首。

小 令

[双调·潘妃曲]①

"祝　愿"

商挺现存散曲共十九首,全写男女恋情,无题。本首题"祝愿",是根据内容补加的。它写思念亲人的苦闷,通过浇酒祭神的特殊举动,传神地描绘了主人公祈祷幸福的满腔激情。作者把主人公渴望个人团圆的急切心情与封建社会中千百万青年追求婚姻自主的强烈愿望联系在一起,表达了"愿天下有情人皆成眷属"的美好理想,构思新颖,蕴意深广。

闷酒将来刚刚咽②,欲饮先浇奠③。频祝愿:普天下心厮爱早团圆④;谢神天,教俺也频频的勤相见。

【翻译】

郁闷难熬强把酒,
未饮先浇祈神佑:

---

① [潘妃曲]:又名[步步娇],句式为七五、三七、三五,共六句六韵。　② 将来:拿来,端来。　③ 浇奠:自饮之前把杯中之酒浇在地上,表示对神灵或祖先的祭奠。　④ 厮爱:相爱。

频频祝愿普天下——
有情人早成眷属；
衷心拜谢众神灵——
让我们也常聚首。

胡祗遹

胡祗遹(zhī yù支玉,1227—1293),字绍开,号紫山,磁州武安(今河北武安)人。元初入仕,至元年间,任应奉翰林文字、太常博士、左右司员外郎等官职,因触犯权奸阿合马,被贬为地方官。元灭宋后,先后任荆湖北道宣慰副使、山东东西道提刑按察使,抑制强豪,扶助弱寡,颇有德望。召拜翰林学士,托故不赴,不久以疾辞归。著有《紫山大全集》二十六卷,散曲今存小令11首。

小 令

[中吕·喜春来]

春景(二首)

《春景》原作共三首,这里选译的是一、二两首。前首写春光明媚的三月景致:近处春花竞相怒放,色彩绚丽;远处青山滴翠迷人,美如画屏。在这静态的景色描写中,使人感到一种动态的生机勃发,暗用宋代诗人名句"红杏枝头春意闹"(宋祁)和"满园春色关不住,一枝红杏出墙来"(叶绍翁)的诗意,恰到好处,不着痕迹,但意境又有新的拓展。最后一句"三月景,宜醉不宜醒",表达了作者悠然闲适的生活情趣。后一首写残花细雨中的蜂酿蜜、燕衔泥、晓莺啼,在一片繁忙欢闹的景象中,忽然出现绿窗春睡的主人公,这就把春天活泼欢闹的主旋律中蕴含的静谧醉人的春意,巧妙入微地表现出来,把唐代诗人孟浩然"春眠不觉晓,处处闻啼鸟"的情态,生动逼真地展示出来,使人除了感触到一阵扑面而来的热浪之外,心头还漾出一丝清新悠远的春的芳馨。写景、抒情、寄意融为一体,读来引人入胜。

几枝红雪墙头杏,数点青山屋上屏。一春能得几晴明。三月景,宜醉不宜醒。

残花酝酿蜂儿蜜,细雨调和燕子泥。绿窗春睡觉来迟。谁唤起?窗外晓莺啼。

【翻译】

  枝枝红杏,竞相冒出墙头,
  点点青山,宛如屋上画屏。
  一春能有多少晴明!
  置身阳春三月景,
  都说宜醉不宜醒。

  残花丛里,蜂儿嗡嗡勤酿蜜,
  细雨帘中,燕子喃喃忙衔泥。
  绿树遮窗春意懒,
  酣睡不起醒来迟。
  不知谁在唤我起?
  原来窗外晓莺啼。

王 恽

王恽（yùn 运，1226—1304），字仲谋，号秋涧，卫州汲县（今河南卫辉）人。元好问弟子。因姚枢推荐入京，历任国史编修、监察御史，又出任平阳路总管、燕南河北按察副使、福建按察使，授翰林学士承旨、资善大夫。在任期间曾弹劾赃官、平反冤狱，深受赞誉。文章不蹈袭古人，雄深雅健，辞古意明；字画遒劲婉丽，为世珍玩。有《秋涧先生大全文集》一百卷，其中有散曲小令41首。

小 令

[越调·小桃红]

"平阳好处是汾西"

[小桃红]原作共十首,无题,是作者任平阳路总管时所作。今选译一首,借用首句为题。写作者公余策马郊游,欣赏平阳秀色,沿途路人欢笑,暮鸦啼噪,诗情画意,赏心悦目,把他在大自然怀抱中的爽朗欢快心情,描绘得活灵活现,表现了诗人对秀山丽水的真挚感情。作品寓奇巧于平实之中,最后写的虽是夕阳、暮鸦之景,却无丝毫衰落、消沉之感,"关卿何事?险忙杀暮鸦啼"。笔锋一转,妙趣横生,足见作者构思的精巧。

平阳好处是汾西①,水秀山挼翠②。谁道微官淡无味?锦障泥③,路人争笑山翁醉。西山残照,关卿何事④?险忙杀暮鸦啼。

---

① 平阳:古地名,即今山西临汾。历代在此设县、郡、府,元代改为路。汾西:汾水以西。 ② 挼(ruó 若阳平):揉搓,此处有涂抹的意思。 ③ 锦障泥:垂于马腹两侧,用以遮挡泥土的锦制垫子。 ④ 卿:你,此处带爱称的意味。

【翻译】

平阳要数汾西美，
水漾清波山染翠。
身在此中做小官，
谁说平淡无兴味？
锦饰座骑跑得欢，
路人笑我山翁醉。
西山斜阳一抹红，
归巢暮鸦急相催。
我游关你何所事，
为啥啼噪不知累？

[越调·小桃红]

尧庙秋社

尧庙，祭奠尧帝的庙宇，亦作为祭祀祖宗和敬事神佛的场所，在平阳城南十里处。秋社，古代州县官吏及乡民百姓，于立秋后的第五个戊日，立社设坛酬谢土神、庆祝丰收的祭祀活动。这首小令，真实地记录了平阳人民在喜获丰收之后，欢聚在尧庙之中，热烈祭祀土神的动人场面，不仅生动地反映了平阳地区古朴淳厚的民风民俗，而且表现了一个地方官对民风民俗的尊重以及与民同乐的融洽感情，后一点尤为难得。

社坛烟淡散林鸦①,把酒观多稼②。霹雳弦声斗高下③,笑喧哗,壤歌亭外山如画④。朝来致有,西山爽气⑤,不羡日夕佳。

【翻译】

祭坛烟淡鸟翩跹,

举杯畅饮庆丰年。

拉弓射箭比高下,

弦声霹雳响云天。

击壤亭外山如画,

欢歌雷动笑语喧。

① 社坛:即社稷坛,古代为祭祀土神谷神而筑起的高台,帝王、诸侯、州县官及乡民均设,等级不一,规模有别。② 多稼:丰收的庄稼。 ③ 霹雳弦声:张弓射箭声如霹雳。弦声,弓弦响声。 ④ 壤歌亭:相传尧帝时,有老人击壤而歌:"日出而作,日入而息。凿井而歌,耕田而食。帝力何有于我哉?"平阳城北有击壤亭,传说是老人击壤作歌之处。 ⑤ "朝来"两句:出自《世说新语·简傲》,晋朝王徽之(王羲之子)作桓冲的参军,一次桓对他说:"你在府日久,应当理事。"徽之初仰头不答,继而以笏板抵颊说:"西山朝来,致有爽气。"以表示自己高傲豪爽的气概。此处借用,既表示秋社的早晨,大自然的明朗开豁景象和乡民们的热烈爽快情绪,也表示作者任职平阳时寄情山水与民同乐的情致。

晨风习习精神爽,
朝阳朗朗照西山。
秋社风光如此美,
不慕夕阳景色妍。

陈　草　庵

　　陈草庵,大约生活在南宋理宗淳祐五年至元仁宗延祐年间,即公元1245—1320年左右。名英,字彦卿,草庵为号。析津(今北京)人。曾任监察御史、宣抚使、河南左丞。《录鬼簿》称"陈草庵中丞",列为"前辈名公"。今存散曲小令26首。

小 令

[中吕·山坡羊]①

叹世(二首)

陈草庵现存小令[山坡羊]26首,题作《叹世》。这里选译两首。前首写元代社会的贤愚不分、是非不辨。作者表面上虽在规劝人们不要说长论短,以免招来不测,内心里却仍坚信"得道多助失道寡助"的真理,表现了对黑暗现实的强烈不满。后首写追求功名富贵者,在繁华喧闹的尘世中挣扎一生,到头来仍一无所获,告诉人们:江山依旧、红颜易老、功名难求,表现了作者对功名的厌倦。两首小令,语言浅里藏深,笔调谐中带讽,十分传神地表达了作者的思想感情。

风波实怕,唇舌休挂②,鹤长凫短天生下③。劝渔

---

① [山坡羊]:又名[山坡里羊]、[苏武持节],亦入[黄钟]、[商调]。句式为四四七、三三、七七、一三一三,共十一句九韵。 ② 唇舌休挂:不要挂在嘴上,即不要说长论短。 ③ 鹤长凫(fú伏)短:语出《庄子·骈拇》:"凫胫虽短,续之则忧;鹤胫虽长,断之则悲。"是说凫脚短,鹤腿长,这是自然生成的,不能人为地接短去长。凫,野鸭。

家,共樵家,从今莫讲贤愚话。得道多助失道寡①,贤,也在他;愚,也在他。

晨鸡初叫,昏鸦争噪,那个不去红尘闹②。路遥遥,水迢迢,功名尽在长安道③。今日少年明日老,山,依旧好;人,憔悴了!

陈草庵

【翻译】

人世风浪实可怕,

是非切莫嘴边挂。

鹤腿长来鸭脚短,

事物本性天生下。

奉劝打鱼翁,

提醒砍柴娃:

从今后

谁好谁坏休再说,

---

①"得道"句:语出《孟子·公孙丑下》:"得道者多助,失道者寡助。"道,道义。全句意为坚持正义就能得到多数人的帮助和拥护,违背正义就必然陷入孤立无援的困境。 ② 红尘:飞扬的尘土,比喻人世间的纷闹。 ③ 功名:功绩和名声。封建王朝以考试选拔官吏,凡参加科举考试中考者即为官,称取得了功名。长安:今西安,自秦至唐,历代帝王多建都于此。长安道,追求仕禄的道路。

要知道
得道多助失道寡。
是贤是愚全在他，
别人何必再多话。

清晨雄鸡刚刚叫，
乌鸦立即争相噪，
人世争纷何日宁？
哪个不去红尘闹！
不怕山道远，
何惧水路遥。
为求功名，
长安道上拼命跑。
时间最是无情物，
今日少年明日老。
江山依旧好，
人已憔悴了。

卢　挚

卢挚(约1242—1314),字处道,又字莘老,号疏斋,又号嵩翁。涿郡(今河北涿州)人。做过翰林学士承旨等官,足迹遍及西北、楚湘、江浙诸行省,诗文与刘因、姚燧齐名,是元初著名文学家。著《疏斋集》,不传。散曲存小令102首,后人辑为《疏斋小令》。

小 令

[双调·沉醉东风]①

秋 景

《秋景》,是卢挚出任湖南廉访使后所作。写秋夜舟行中的景观,意境幽深奇美,气象开阔爽朗。其精妙之处,在于作者取景的视角:远近高低,各不相同;云山水月,尽收眼底。从孤鹜齐飞的落霞时分,到月影云帆的凉秋静夜,时序交待清楚,感受表达入微。活用唐人名句,出神入化,读来使人身临其境,心旷神怡。

挂绝壁松枯倒倚②,落残霞孤鹜齐飞③。四围不尽山,一望无穷水。散西风满天秋意。夜静云帆月影低,载我在潇湘画里④。

---

①[沉醉东风]:句式为:六六、三三七、七七,共七句六韵,第三句可不用韵。 ②"挂绝壁"句:巧用李白《蜀道难》诗"枯松倒挂倚绝壁"句。 ③"落残霞"句:巧用王勃《滕王阁序》"落霞与孤鹜齐飞"句。鹜(wù误),鸟名,泛指野鸭。 ④潇湘:湖南境内二水名,潇、湘二水汇合于零陵西部,此处风景秀丽,世称"潇湘"。又宋代画家宋迪,曾为潇湘附近的八处盛景作画,后人称为"潇湘八景"。

【翻译】

　　苍老的松枝

　　　　倒挂在悬崖峭壁，

　　失群的野鸟

　　　　伴晚霞一齐飞起。

　　四周是不尽的重重群山，

　　面前是无穷的碧绿流水。

　　潇洒的西风

　　　　带来满天凉秋意，

　　宁静的夜晚

　　　　船帆高挂月影低。

　　我如醉如痴

　　　　飘游在潇湘画卷里。

[双调·蟾宫曲]①

金 陵 怀 古

　　这首小令，题为怀古，意在伤今，是借古来抒发对现实的感慨。古典诗词中，同类题材所在多见，但这首艺

---

① [蟾宫曲]：又名[折桂令]、[天香引]，句式为：六四四、四四四、七七、四四四，共十一句七韵，结尾四字可以增减，第二节三个四字句要鼎足对。

术上有独到之处：从回忆往昔的豪华，到畅望眼前的凄凉，对比强烈，感情深沉。作者引陈后主荒淫亡国的历史，点出金陵城凋敝荒芜的原因，特别是第二、七两句，笔锋陡转，设问尖新，表达了作者对欢娱误国的愤懑和对荒凉现实的哀叹。手法曲折，蕴意悠远，发人深思。

记当年六代豪夸①，甚江令归来②，玉树无花。商女歌声③，台城畅望④，淮水烟沙⑤。问江左风流故家⑥，但夕阳衰草寒鸦。隐映残霞，寥落归帆，呜咽鸣笳⑦。

【翻译】

　　记得六朝时的金陵，

---

　　① 六代：三国的吴、东晋和南朝的宋、齐、梁、陈，这六个朝代都建都金陵（今南京），历史上合称六朝。 ② 江令：南朝陈的江总，早有文名，曾任尚书令，后与陈后主游宴享乐，昏乱误国，死于江都，世称江令。 ③ "玉树"二句：化用唐代杜牧《泊秦淮》诗"商女不知亡国恨，隔江犹唱《后庭花》"之意。参看杨果《采莲女》注。 ④ 台城：一名苑城，位于金陵城东玄武湖畔，六朝时为豪华宫苑毗连之地。 ⑤ 淮水：即秦淮河，流经金陵城西入长江。 ⑥ 江左：长江下游以东地区，指江苏一带。古代习惯以东为左。风流故家：指豪门贵族。金陵城东南有乌衣巷，东晋时王、谢两大豪门居此。 ⑦ 笳(jiā加)：古代北方民族的一种管状乐器。

是多么显耀豪华!
为何江令归来以后,
　　竟满城衰败无花?
隔江犹听——
　　亡国歌女的声声卖唱,
台城远望——
　　秦淮河水的渺渺烟沙!
问金陵旧时的豪门都在哪里?
只见那——
　　夕阳斜照下的一片枯草,
　　点缀着惊飞无定的几只寒鸦;
还有这——
　　残霞掩映中的寥落归帆,
　　伴和着呜咽悲凉的数声胡笳。

关 汉 卿

关汉卿,生卒年不详(大约生活在金宣宗定兴年间至元成宗大德年间,即公元13世纪20年代至14世纪初)。号己斋叟,大都(今北京)人。据《录鬼簿》称:曾任"太医院尹",是大都书会才人,后漫游苏杭,广交文士名伶,不仅写戏编剧,而且参加演出,是元代最著名的戏曲作家。关汉卿博学多才,风流倜傥;他的作品有的隽永清丽,有的泼辣豪放。著杂剧六十余种,今存《窦娥冤》、《救风尘》、《望江亭》、《单刀会》等18种,散曲存小令57首,套数14篇。

小 令

[南吕·四块玉]①

闲　　适

《闲适》原作四首,此为最后一首。全曲透过闲适的情趣,道破隐居的缘由,即因世态炎凉,人情冷暖,所以作者在亲身经历、亲自领受之后,经过反复思量,决意归隐山林,躬耕南亩。曲中虽有逃避现实的消极情绪,但更多的则是对贤愚颠倒的险恶社会的强烈不满。

南亩耕②,东山卧③,世态人情经历多。闲将往事思量过,贤的是他,愚的是我,争什么!

【翻译】

　　我在南面的田地里耕作,
　　我在东边的山林中安卧。
　　世态炎凉、人情险恶,

---

① [四块玉]:句式为:三三、七七、三三三,共七句五韵,第一、五句可不用韵。　② 南亩:南边的田地。南亩向阳,利于作物生长,也泛指田亩。此处借指隐居耕种。　③ 东山:浙江上虞西南处有东山,为东晋谢安早年隐居处。亦借指隐居山林。

忙碌一生经历多。
闲时仔细思量过:
聪明伶俐是他,
愚蠢笨拙是我。
世道就这样,
你还争辩什么。

[双调·沉醉东风]

"天 南 地 北"

原作五首,都写闺情别怨,无题。此为第一首,写女子饯别情人的情景:含泪擎杯,细语呜咽。不仅有离别的痛苦,更有殷切的叮咛,将祝福慰亲人,寄深情予未来。作者通过特定人物的特定动作和特殊环境下的特殊语言,生动传神地揭示了女主人公惜别痛楚和恋情深切的复杂情怀,缠绵悱恻,感人动人。

咫尺的天南地北①,霎时间月缺花飞。手执着饯行杯,眼阁着别离泪②。刚道得声"保重将息"③,痛煞煞教人舍不得。"好去者,望前程万里!"

----

① 咫(zhǐ指)尺:形容距离之近。古代八寸为咫。 ② 阁:同"搁",此处为含着的意思。 ③ 将息:爱护、养息。

【翻译】

　　此刻还形影相随,转瞬就天南地北,
　　眼前正花好月圆,霎时便月缺花飞。
　　我手擎着饯行的酒杯,
　　眼噙着离别的热泪,
　　刚说声"好好保重",就凝噎悲咽,
　　那离情别绪的痛楚,真摧人心肺。
　　"你放心地去吧,我亲爱的人儿,
　　祝你前程远大,盼你意顺心遂!"

套　数

[南吕·一枝花]

不　伏　老

　　此套数是关汉卿散曲的代表作,写于晚年。全套用第一人称自叙的口吻,塑造了一个攀花折柳而又技艺精博的浪子形象。作者故作颠狂,恣意夸张,通过渲染追欢作乐的放荡生涯和声明在烟花路上一走到底的决心,表现了他的执着追求、出众才能和豪放性格。曲中"我"的形象,实际上是作者反抗传统偏见、不与世俗同流合污精神的具体体现,也是元曲作家卑微生活的真实写照。因而本篇历来被公认为是了解和研究关汉卿生平和思想的重要资料。通篇气势磅礴不凡，感情浓烈奔放，语言酣畅淋漓，形象生动活泼，既有生活气息，又富浪漫精神，艺术上达到了炉火纯青的境界，是历代传颂的名篇。

攀出墙朵朵花①，折临路枝枝柳。花攀红蕊嫩，柳折翠条柔。浪子风流，凭我折柳攀花手，直煞得花残柳败休②。半生来折柳攀花，一世里眠花卧柳。

【梁州第七】我是个普天下郎君领袖，盖世界浪子班头。愿朱颜不改常依旧，花中消遣，酒内忘忧；分茶攧竹③，打马藏阄④，通五音六律滑熟⑤，甚闲

---

① 出墙朵朵花：暗指妓女。下句"临路枝枝柳"同此。
② 煞（shā 沙）：此处为"弄"的意思。休：语助词，无意义。
③ 分茶：一种独特的烹茶游艺，不是寻常的泡茶、品茗。常与琴、棋、书、画等艺术并提，是文人较为崇尚与喜爱的一种文化活动。分茶的方法，主要是亲手"碾茶为末，注之以汤，以筅击拂"，少顷，盏面上汤纹水脉，会变幻出山水云雾、花草鱼虫等千奇百怪的景象来。攧（diān 颠）竹：摇动一种竹制筹码，为饮宴时行酒令之用。 ④ 打马：古代博戏，类似棋牌。藏阄（jiū 鸠）：古代饮宴时的游戏，猜手中藏物多少，类似猜拳。 ⑤ 五音：古代五声音阶中的宫、商、角、徵（zhǐ 纸）、羽。六律：古代审定乐音高低清浊的标准共有十二，阴阳各六，阳为律，阴为吕。六律是黄钟、太簇、姑洗、蕤（ruí 锐阳平）宾、夷则、无射（yì 艺）。

愁到我心头！伴的是银筝女①,银台前、理银筝、笑倚银屏,伴的是玉天仙②、携玉手、并玉肩、同登玉楼,伴的是金钗客③、歌《金缕》、捧金樽、满泛金瓯④。你道我"老也暂休,占排场风月功名首,更玲珑又剔透"。我是个锦阵花营都帅头,曾玩府游州。

【隔尾】子弟每是个茅草岗⑤、沙土窝、初生的兔羔儿,乍向围场上走;我是个经笼罩、受索网、苍翎毛老野鸡,踏踏的阵马儿熟⑥。经了些窝弓冷箭蜡枪头⑦,不曾落人后。恰不道"人到中年万事休",我怎肯虚度了春秋。

【尾】我是个蒸不烂、煮不熟、捶不扁、炒不爆、响珰珰一粒铜豌豆,恁子弟每谁教你钻入他锄不断⑧、斫不下⑨、解不开、顿不脱⑩、慢腾腾千层锦套头⑪。我玩的是梁园月⑫,饮的是东京酒,赏的是洛阳花,攀

---

① 银筝女:指乐妓。　② 玉天仙:指色妓。　③ 金钗客:指歌妓。　④ 金瓯:指贵重的酒器。　⑤ 子弟每:指风流子弟,每,同"们"。　⑥ 踏(chǎ察上声)踏:踩踏。　⑦ 蜡枪头:不锋利的矛头。"蜡"应为"镴",一种铅锡合金。　⑧ 恁(rèn纫):那。　⑨ 斫(zhuó茁):砍、劈。　⑩ 顿:撒、揪。　⑪ 锦套头:锦缎制的头套,此处指圈套、陷阱。　⑫ 梁园:汉梁孝王刘武所筑的花园,在今河南开封东南。

的是章台柳①。我也会吟诗、会篆籀②,会弹丝③、会品竹④,我也会唱《鹧鸪》⑤、舞垂手⑥、会打围⑦、会蹴鞠⑧、会围棋、会双陆⑨。你便是落了我牙、歪了我嘴、瘸了我腿、折了我手,天赐与我这几般儿歹症候,尚兀自不肯休⑩。则除是阎王亲自唤,神鬼自来勾,三魂归地府,七魄丧冥幽⑪,天哪!那其间才不向烟花路儿上走。

【翻译】

攀摘那出墙的朵朵鲜花,

采折这路边的枝枝垂柳;

摘取的花,心红蕊嫩,

折下的柳,叶翠条柔。

---

① 章台:汉代长安街名,唐诗人韩翃(hóng 鸿)爱姬柳氏居此。后韩柳因变乱离散,韩念柳心切,作词传情,有"章台柳,章台柳,昔日青青今在否?"之句。此处章台柳借指妓女。 ② 篆籀(zhuàn zhòu 撰昼):我国古代的两种字体,即小篆和大篆。 ③ 弹丝:指弹拨乐、弦乐。 ④ 品竹:指管乐、吹奏乐。 ⑤ 鹧鸪:曲调名,有[瑞鹧鸪]、[鹧鸪天]等。 ⑥ 垂手:舞蹈名,有大垂手、小垂手。 ⑦ 打围:打猎,古时打猎多合围,故称。 ⑧ 蹴鞠(cù jū 促拘):即"蹴鞠",古代一种踢球游戏。 ⑨ 双陆:古代一种赌博游戏,开始是掷骰子,后改为斗纸牌。 ⑩ 兀自:还自,还是。 ⑪ 冥幽:阴间。

我放荡不羁、倜傥风流，
　　是攀花折柳的高手，
　　常叫花残落泪、柳败低头。
半生来逐乐寻欢，
一辈子眠花卧柳。

我是普天下花花公子的总头，
　　全世界风流少年的领袖。
但愿青春的容貌永不改，
花柳丛中寻快乐，酒肉场上遣忧愁。
无论是分茶游艺、摇码抓筹，
也无论玩牌下棋、猜拳行酒，
还有那乐曲的五音六律，
样样都娴熟自如、得心应手。
还有什么闲愁会跑到我心头！
弹银筝的乐女
　　上银台倚银屏为我尽情演奏，
天仙似的美女
　　并玉肩携玉手与我同登玉楼，
戴金钗的歌女
　　唱金缕举金杯给我殷勤敬酒。
你说我：

"老了应该引退罢休!
　　要在花柳丛中占魁头,
　　　　风月场上争榜首,
　　还必须更加圆滑乖巧,
　　　　格外玲珑剔透。"
可知道:
　　我是勾栏妓院里的帅头,
　　　　歌台舞榭中的师首,
　　曾玩遍全郡全府,
　　　　游尽各县各州。

你们是——
　　茅草岗上、沙土窝里
　　　　刚刚出生的小雏兔,
　　在生死攸关的猎场上
　　　　第一次怯生生地走。
我可是——
　　冲破笼罩、挣断网索
　　　　羽毛苍劲的老野鸡,
　　像战马奔腾跑得熟。
我受过藏弓冷箭的暗害,
　　　　银样铁枪的威迫,

从不胆怯落人后。
更别说"人到中年万事休",
我怎会虚度这美好的春秋。

我是个——
　　蒸不烂、煮不熟、捶不扁、炒不爆、
　　　响当当的一粒铜豌豆,
那些个浮浪子弟们,
　　谁叫你钻入那锄不断、砍不下、解不开、挣
　　　不脱软绵绵的千层锦套头。
我在繁华的梁园里赏月,
　　在东京的楼馆内饮酒;
我在洛阳城里观赏名贵牡丹,
　　在长安街上随意攀花折柳。
我会吟诗作文、识古篆古籀,
　　会弹琴拨弦、会按管吹竹,
　　也会唱歌跳舞、打猎踢球,
　　还会下围棋、赌牌九。
你就是打落我的牙、打歪我的嘴,
　　打瘸我的腿、打断我的手,
老天爷赐给我这些毛病
我也还是不肯罢休。

除非是——
　　阎王老子亲自来唤,
　　凶神厉鬼直接来勾,
　　我的灵魂回到了阴曹地府,
　　我的躯体死在那鬼域荒丘。
天呵!只有到了那个时候,
我才不向烟花妓馆路上走。

白　朴

白朴(1226—1285),字仁甫,又字太素,号兰谷。原籍隩(yù 玉)州(今山西河曲),后移居真定(今河北正定)。其父为金朝枢密院判官。白朴七岁时,蒙兵攻陷金朝都城汴京,与父离别,由元好问携之避难,在元氏教养下,才情勃发,极受珍爱。元曾赠诗赞曰:"元白通家旧,诸郎独汝贤。"其父归来后也以诗答谢元:"顾我真成丧家狗,赖君曾护落巢儿。"入元以后,迁家金陵(今南京),因幼经离乱,常郁闷不乐。有人荐之于朝,坚辞不就,放情山水,诗酒自娱。白朴是"元曲四大家"之一,著杂剧16种,今存《梧桐雨》等3种。有词集《天籁集》,清初杨友敬将其散曲附于词集之后,名曰《摭遗》,现存小令37首,套数4篇。

小　令

[中吕·喜春来]

题情(二首)

《题情》原作共六首,今选译两首。前首表现初恋少女被情人明白坚定的许诺而燃起的炽热恋情。诗中通过"轻拈斑管"、"细折银笺"的描写,把钟情少女相思已极、急于倾诉感情的心态,细腻逼真地表现出来。情人嘴中的一个"肯"字,引出她多少相思的苦涩,迫使她度过了多少难熬的时间,像是恼人的怨恨,实为甜蜜的恋情。全篇写得清新别致。后首写少女对自由爱情的强烈追求和对封建家长权威的大胆蔑视。女主人公坚信"自古瓜儿苦后甜"的民谚,认为只有经过斗争得来的爱情才是最幸福的;坚持"越间阻越情忺"的态度,你阻力越大,我爱得越深,表示了毫不动摇的决心和无所畏惧的勇气。在封建社会中,青年女子在爱情自由问题上,认识是如此的明确坚定,行为是如此的大胆泼辣,在同类作品中是少见的,具有反封建的积极意义。这两首小令都是以青春少女的口吻写的情歌,侧重于主人公内心思想感情的描绘。语言通俗顺畅,富于哲理;风格明快爽朗,饱含激情;写法朴实自然,颇具新意。

轻拈斑管书心事①,细折银笺写恨词②。可怜不惯害相思,则被你个肯字儿,迤逗我许多时③。

从来好事天生俭④,自古瓜儿苦后甜。奶娘催逼紧拘钳⑤,甚是严,越间阻越情忺⑥。

【翻译】

轻握秀笔书心事,

慢展白纸写恨词;

可怜我从未经受过的相思苦,

被你一个肯字儿,

勾我遐想费我时。

---

① 拈(niān 年阴平):用指头夹取东西。斑管:用斑竹做的毛笔。斑竹的斑纹如泪痕,传说舜帝南巡不返,妃子娥皇、女英思帝不已,泪下沾竹而成斑纹,故又名湘妃竹。 ② 银笺(jiān 尖):洁白的信纸。恨词:离愁别恨之词,恩爱怨恨的话。 ③ 迤逗(yǐ dòu 倚豆):勾引、挑逗。 ④ 俭:少,俭约,约束之意。 ⑤ 拘钳:拘束、钳制、看管之意。 ⑥ 情忺(xiān 先):情投意合,形容感情的欢畅、热烈、满足。忺:高兴,适意。

好事从来天生少,

瓜儿自古苦后甜。

奶娘追问管束严,

非常严啊非常严,

你越阻挠我越爱,

恋情越欢心越坚。

[双调·沉醉东风]

渔　父

　　这首小令写渔父在幽美大自然里愉快自由的生活情景,歌颂其"傲杀人间万户侯"的思想情趣。这是作者蔑视功名、放情山水思想的真实表现。表面看来,作者对生活采取冷漠超脱的消极态度,其实这是他不满现实的曲折反映。作品描绘江边风光,色彩绚丽,清心悦目;烘托渔父心境,静穆淡泊,情舒意展。全曲情景交融,意境开阔,给人以美的享受。

　　黄芦岸白蘋渡口①,绿杨堤红蓼滩头②。虽无刎

---

① 白蘋:一种生长在浅水中的蕨类植物,叶柄顶端有四片小叶,又名田字草,夏秋开白花。 ② 红蓼(liǎo 潦上声):一种生长在河渠水沟边的草本植物,花为淡红色或白色,种类繁多,名称各异。

颈交①,却有忘机友②,点秋江白鹭沙鸥。傲杀人间万户侯③,不识字烟波钓叟④。

【翻译】

  金黄芦花缀岸边,

   淡白蘋草铺渡口;

  绿杨多情舞堤上,

   红蓼含羞笑滩头。

  这里虽无生死与共的至交,

  却有互不猜忌的挚友。

  舒心垂钓万般美,

  在静谧的秋江上,

   数悠闲自得的白鹭,

---

  ① 刎(wěn吻)颈交:生死相依患难与共的朋友。语出《史记·廉颇蔺相如列传》。战国时赵国大将廉颇,居功自傲,扬言要当众羞辱宰相蔺相如,相如以国事为重,忍让躲避,后廉颇幡然悔悟,负荆请罪,两人结成"刎颈之交"。 ② 忘机友:彼此毫不计较、无所猜忌的朋友。 ③ 万户侯:封地达一万户的王侯。侯:古代爵位中的一个等级。万户侯,泛指大官。 ④ 烟波钓叟:唐代诗人张志和因事贬官,隐居江湖,自称"烟波钓徒"。后人常用此名借指隐居者。

看嬉戏欢闹的沙鸥。
敢于傲视那大富大贵的万户侯,
便是这大字不识的江湖钓叟!

姚 燧

姚燧(1238—1313),字端甫,号牧庵,河南洛阳人,原籍柳城。少孤,由伯父姚枢抚养;及长,为国子祭酒许衡赏识。历任陕西汉中道提刑按察司副使、江东廉访使、江西行省参知政事,后征为太子少傅,授翰林学士承旨、知制诰。是元代著名的古文家,文风刚厉豪雄,一扫宋末弊习,被誉为唐宋的韩(愈)欧(阳修),与时人虞集并称。其散曲语言洒脱明朗,风格宛丽流畅,在散曲发展史上有过影响,与卢挚齐名。有《牧庵文集》五十卷传世,散曲今存小令29首,套数1篇。

小 令

[中吕·醉高歌]①

感 怀

《感怀》原作共四首,今选译的是第二首。从内容看,是写作者长期官场生活的深切感受:人生如梦,荣辱骤变,官场中是一群互相争夺、被人玩弄而又至死不变的傀儡。最后一句是说别人的不醒悟,正表明了自己的醒悟。这是思想内容的深刻之处,也正是表现手法的高明之处。

荣枯枕上三更,傀儡场头四并②。人生幻化如泡影,那个临危自省。

【翻译】

世间的荣辱盛衰犹如一场梦幻;
只有木偶戏场,才能美梦成全。
人生变幻莫测,

---

① [醉高歌]:句式为:六六、七六,四句四韵。头二句一般要对。 ② 傀儡:由人操纵表演的木偶。四并:即四难并,指四种美好的事物难以并得。语出宋人谢灵运《拟魏太子邺中集诗八首序》:"天下良辰、美景、赏心、乐事,四者难并。"又秦观《寄题赵侯澄碧轩》诗:"风流公子四难并。"

一切都是泡影。

灾难就要临头,

谁懂回头是岸?

[越调·凭栏人]①

寄 征 衣②

思征夫、寄寒衣,是古典诗词曲赋中常见的题材,历代都有佳作,这首小令便是其中之一,它脍炙人口,传播远久。全篇曲文浅显流畅,富于民歌韵味,表达感情缠绵尽致,故而雅俗共赏。作者既没写怎样做征衣,也没写如何寄征衣,而是紧紧抓住闺中思妇寄与不寄的矛盾心理,集中笔墨,反复吟咏。主人公内心愈是矛盾不定,其情爱就愈深,思念就愈烈。心理刻画,细腻自然;感情表达,尽情尽理,是历来传诵的精品。明白如话,不作今译。

欲寄君衣君不还③,不寄君衣君又寒,寄与不寄间,妾身千万难④。

----

① [凭栏人]:句式为:七七、五五,共四句四韵。散曲中常用的曲调,宜于写小景,抒幽情。 ② 征衣:指远征在外服劳役或兵役的人所穿的衣服。唐代以后,征夫多指远征的士兵。 ③ 君:即夫君,旧时妻子对丈夫的尊称。 ④ 妾:古代妇女对自己的谦称。

庾 天 锡

庾天锡,生卒年不详,一名天福,字吉甫,大都(今北京)人。曾做过中书省掾、除员外郎、中山府判等。著杂剧《骂上元》《琵琶怨》《兰昌宫》等15种,今俱不存。其散曲文采富丽,颇具匠心,贯云石赞其"造语妖娇",把他与关汉卿相提并论。明·朱权《太和正音谱》评其词"如奇峰散绮"。散曲今存小令7首,套数4篇。

小 令

[双调·雁儿落过得胜令]①

"名缰利锁"

庚天锡的带过曲[雁儿落过得胜令]共五首,全无题,这里选译的是第二首,取首句为题。否定功名仕途,赞扬隐居避世,以消极的生活态度表示对现实的不满,这是元代散曲中一大思想倾向,也是最常见的表现手法。但这首小令不同一般,写对名缰利锁的醉心迷恋,说文臣武将的创业艰劳。作者不满现实,认为朝廷(国家)缺乏周公、谢安这样的杰出人物,他寄希望于贤明君主、治世良臣的身上。这种思想认识虽然陈旧,但这种反映角度较为新颖。作者严格按照带过曲中两支曲子的曲律、句式和韵脚来写,全曲仅用一个衬字,写得洗炼凝聚,灵活畅达,足见作者艺术功底的厚实。

名缰厮缠挽②,利锁相牵绊;孤舟乱石湍③,羸马连

---

① [雁儿落过得胜令]:带过曲,又名[鸿门凯歌],由[雁儿落]与[得胜令]两支曲子组成。前四句为[雁儿落],句式为:五五、五五,四句三韵,第三句不用韵。后八句为[得胜令],句式为:五五、五五、二五、二五,共八句七韵,第七句不用韵。 ② 厮(sī 私):互相。 ③ 湍(tuān 团阴平):急流。

云栈①。　宰相五更寒,将军夜渡关;创业非容易,升平守分难②。长安,那个是周公旦③;狼山,风流访谢安④。

【翻译】

　　名,像一条套马的缰绳,
　　　将人的手脚牢牢缠挽,
　　利,像一具囚人的枷锁,
　　　把你的身心紧紧羁绊;
　　追求名,就像独木小舟
　　　航行在急流险恶的乱石湍,

---

　　①羸(léi雷):瘦弱、衰败,疲惫之意。连云栈(zhàn 站):古栈道名,在陕西关中,道路崎岖险恶,为古代川陕通路。②守分(fèn奋):安守本分。此处也有守业的意思。③长安:汉、唐均建都长安(今西安),此处亦代指首都。周公旦:即周公,姓姬名旦,周文王之子,周武王之弟,辅助武王灭纣,建立周王朝;武王死后,成王年幼,由他摄政,他平叛乱、封诸侯、制礼乐、立典章,大有建树,是西周有名的政治家。④狼山:《史记·卫将军骠骑列传》称,汉代名将霍去病曾于狼山(约今内蒙古西南部)大败匈奴,封狼居胥山。据此推之,可能是借指为国立功之地。谢安:东晋政治家,四十岁前隐居会稽东山,后出仕,孝武帝时任宰相,指挥并取得了著名的淝水之战的胜利。

醉心利，犹如瘦弱老马
　　奔驰在崎岖陡峭的连云栈。

宰相们从早到晚地忙碌，
将军们夜以继日地征战。
开基创业从来就不容易，
建国守业那就更加艰难。
治理全国的都城，
　　哪个是雄才大略的周公？
生死搏斗的战场，
　　何处找睿智勇武的谢安？

马 致 远

马致远(约 1250—1324),字千里,号东篱,大都(今北京)人。早年参加元贞书会,是大都曲坛上的活跃人物,被称为"曲状元"。后任浙江省务提举,晚年辞官隐居杭州。是"元曲四大家"之一,著杂剧 15 种,今存《汉宫秋》等 7 种。散曲有《东篱乐府》一卷,为后人所辑,今存小令 115 首,套数 21 篇,尚有残套数篇。

小 令

[南吕·金字经]①

未 遂

本篇题名《未遂》,反映了元代社会"西风"萧瑟、"雕鹗"乱飞的景况和知识分子备受压抑、雄图难展的境遇。作者借用汉末文人王粲登楼的故事,抒发了自己怀才不遇、壮志未酬的悲愤情怀,怨恨之中有抗争。这和作者晚年作品中普遍存在的消极隐退情绪迥然不同,由此可以看出作者前后思想的发展变化。

夜来西风里,九天雕鹗飞②,困煞中原一布衣③。

---

① [金字经]:又名[阅金经]、[西番经],亦可入双调。句式为:五五七、一五、三五,共七句七韵。 ② 九天:高天,指天的最高一层;引申为宫廷,如王维《早朝大明宫》诗"九天阊阖开宫殿",此处借指朝廷。雕(diāo ㄉ):一种大型鹰科猛禽,嘴成钩状,以捕杀弱小禽兽为食。鹗(è 饿):凶猛的飞禽,俗称鱼鹰,以捕杀鱼类为食。此处借用雕、鹗,暗指当权恶人。 ③ 中原:原指国土的中心部分,以别于边疆地带,具体所指为今河南一带。布衣:没有官职的平民百姓,古时平民穿布衣,故名。

悲,故人知未知? 登楼意①,恨无上天梯。

【翻译】

  彻夜秋风萧瑟,

  高空雕鹗乱飞,

  困煞我这中原的书生辈。

  伤悲啊悲伤!

  故交挚友知不知此中的况味?

  我好比王粲登楼感慨满胸臆,

  恨只恨没有平步青云的上天梯。

[越调·天净沙]②

秋　　思

  这首《秋思》,是马致远散曲小令的代表作,历代传颂的名篇,元代词曲音韵学家周德清誉称为"秋思之

---

  ① 登楼意:汉末著名文人王粲自认有"良臣"济世之才,因避乱离开中原,投靠荆州牧刘表十五年,未得重用,思返故乡,登湖北当阳县城楼远望,作《登楼赋》抒发自己怀才不遇的苦闷。这里是因个人登楼而联想到王粲的《登楼赋》意。
② [天净沙]:又名[塞上秋],句式为:六六六、四六,共五句五韵。头二句宜对,也有头三句作鼎足对的。体段短小,宜于写景抒情。

祖",近代著名学者王国维推之为"元曲令曲之表率"。它写一个飘泊不定的游子,于深秋黄昏时刻只身行进在西风古道之上的情景。头一句写深秋黄昏之景,用三种具有时令特征的景物,构成一幅色彩凝重、气氛苍凉的画面,点明了游子活动的时间和环境。第二句写游子眼光中的景,取景的角度与上句不同,由步步提高的仰视改为渐渐推向深远的平视,固定不动的小桥与缓缓远去的流水,一静一动,一近一远,像游子在旅途中寻觅的目光。接着"人家"二字极为巧妙,表现了天涯游子对安居家乡与家人团聚的企望。第三句还是写景,但意在写人,作者没有写出骑在马背上的人,只借用"瘦马"一词,既暗示出游子的清贫身世,又加重了全曲的冷寂气氛。至此三句九景,一幅萧瑟凄苍的秋景图就被浓墨重彩描绘出来了。第四句把前面的九种地上景物,配置在落日残照的天幕上,"夕阳西下",好景不长,进一步渲染了一种凄怆哀婉的情绪。在最后一句中,游子思乡念家之情达到了顶点:远在天涯,思归无期,怎不叫人撕心裂肺、肝肠寸断呢?全曲共五句二十八字,句句写秋光秋色,字字含人情人意,作者以秋景烘托思情,以思情映照秋景,用平实逼真的白描手法,明白如话的清丽语言,创造了开阔辽远、深沉凝重的意境,形象地表现了知识分子在元蒙统治下政治上没有出路,生活上四处飘零的景况,具有深刻的社会意义。这种久负盛名,妇孺皆知的名篇,无须也难于今译。

枯藤老树昏鸦,小桥流水人家,古道西风瘦马。夕阳西下,断肠人在天涯。

套　数

[双调·夜行船]①

秋　思

　　这是马致远散曲套数的代表作,最能反映他的思想感情,也最能体现他的艺术风格。全套共七支曲子,可分四部分:第一支曲子总领全篇,感叹人生如梦,往事不堪回首,示意及时行乐,像是哀古,实为伤今,表示了对现实的不满。第二、三、四支曲子,分别写帝王、将相、富豪的盛衰兴灭,说明风云变化莫测,人生富贵无常。第五、六支曲子写作者鄙薄世俗名利、不问红尘是非的为人处世态度和其向往清闲超逸、倾慕林泉诗酒的生活情趣。最后一支曲子总结全篇,既揭露、嘲讽了争名夺利

————————

① [夜行船]:句式为:七七、四四七,共五句四韵,第三句不用韵。不能单独用于小令,常作套数首曲,联套曲调不固定,常用的有[风入松]、[庆宣和]等,尾曲用[离亭宴煞]。

者的丑恶嘴脸,反映了现实的险恶,表示了作者不屑与就的愤嫉情绪,又哀叹红日西斜、人生短暂,宣扬了及时行乐,消极隐退的人生哲学。总之全曲内容繁富,既有对悠悠历史的沉思,又有对纷纷尘世的否定,还有对隐逸出世的倾慕。作者运笔恣意纵横,挥洒淋漓尽致,感情强烈奔放,语言爽朗流畅,比喻贴切传神,特别是最后两支曲子,连续用了三组鼎足对,排比对仗工巧,使全篇气势更加豪放,意境更为臻妙,显示了作者高超的艺术技巧。

百岁光阴一梦蝶①,重回首往事堪嗟②。今日春来,明朝花谢。急罚盏夜阑灯灭③。

【乔木查】想秦宫汉阙④,都做了衰草牛羊野,不恁么渔樵没话说⑤。纵荒坟横断碑,不辨龙蛇⑥。

【庆宣和】投至狐踪与兔穴,多少豪杰!鼎足虽坚半

---

① 梦蝶:庄生梦蝶,见王和卿《咏大蝴蝶》注①。 ② 堪嗟(jiē 街):令人感叹。 ③ 罚盏:罚酒。夜阑:夜深。 ④ 秦宫汉阙(què 却):秦朝和汉代的宫殿。阙,是宫门前两边供瞭望的楼,泛指皇帝住所。 ⑤ 恁(nèn 嫩)么:那么,这样,如此,这般。 ⑥ 龙蛇:古代篆书蜿蜒盘曲,用龙蛇形容其笔势的灵活矫健,此处是指石碑上的文字。

腰里折,魏耶?晋耶①?

【落梅风】天教你富,莫太奢,没多时好天良夜。富家儿更做道你心似铁②,争辜负了锦堂风月③!

【风入松】眼前红日又西斜,疾似下坡车。不争镜里添白雪,上床与鞋履相别④。休笑巢鸠计拙⑤,葫芦提一向装呆⑥。

【拨不断】名利竭,是非绝。红尘不向门前惹,绿树偏宜屋角遮,青山正补墙头缺。更那堪竹篱茅舍。

【离亭宴煞】蛩吟罢一觉才宁贴⑦,鸡鸣时万事无休歇,何年是彻?看密匝匝蚁排兵,乱纷纷蜂酿蜜,急攘攘蝇争血。裴公绿野堂⑧,陶令白莲

---

①"鼎足"等三句:鼎,一种三足两耳的金属器皿,此处借指魏、蜀、吴三国鼎峙。220年,曹丕灭汉建魏,历五帝四十六年,至265年,司马炎灭魏建晋,历十五帝一百五十六年,至刘裕灭东晋止。 ②更做道:即使,就是。 ③争:同"怎"。锦堂风月:华丽的居室和美好的时光。 ④"上床"句:长眠不起,不再穿鞋下地,指死亡。 ⑤巢鸠计拙:鸠,亦叫鸤鸠,即布谷鸟,不会造窝,取其他鸟巢而居之,虽然笨拙仍有居处。 ⑥葫芦提:糊里糊涂。 ⑦蛩(qióng穷):蟋蟀。 ⑧裴公绿野堂:唐代裴度,宪宗时为宰相,督师削除藩镇叛乱,以功封为晋国公,晚年因宦官当权,辞官闲居,于洛阳建绿野堂别墅,与白居易、刘禹锡诗酒相交,不问政事。

社①。爱秋来时那些:和露摘黄花,带霜分紫蟹,煮酒烧红叶。想人生有限杯,浑几个重阳节②?人问我顽童记者③:便北海探吾来④,道东篱醉了也!

【翻译】

人生一世,犹如庄生梦蝶,

回首往事,令人感叹不绝。

今日春天刚刚来,

明早花儿就凋谢。

快行令啊快饮酒,

不然夜深灯就灭。

想起那秦朝汉代的巍峨宫阙,

都成了牧羊放牛的凄草荒野。

---

① 陶令:晋诗人陶渊明,曾官至彭泽令,故称陶令,后因不满现实,辞官归隐。白莲社:晋高僧慧远等十八人结社于庐山东林寺,同修净土之业,是一宗教组织,诗人谢灵运至庐山见之,乃筑台翻涅般经,凿池植白莲,故称白莲社。陶渊明与慧远是朋友,常去白莲社作客。 ② 重阳节:农历九月九日为重阳节,这一天要带茱萸饮菊花酒和登高,传说可以消灾益寿。 ③ 记者:者,同"着",这里是命令口气。 ④ 北海:汉末著名文学家孔融,曾为北海(约今山东潍坊一带)相,人称孔北海,性好客,爱饮酒。

如果没有这些古往今来的变化,
渔樵们就无事可谈、无话可说。
纵使荒坟前还有断碑残存,
龙飞蛇舞的字迹有谁识别?

等到陵墓都成了狐狸野兔出没的巢穴,
不知消磨了多少功臣良将、英雄豪杰。
想当初魏蜀吴三国鼎立各霸一方,
你征我伐,彼此争雄,到头来都夭折!
请问这最后胜利是魏国还是晋国?

即便是老天爷使你荣华富贵,
也不可无限贪婪、过分豪奢:
要知道好景不长、好花易谢。
富家儿纵然是惜财如命心似铁,
又怎能辜负了华堂丽屋、良辰美夜!

眼看当空红日已西斜,
倏忽而过恰似下坡车。
不料镜里无情添白发,
可能脱鞋上床就永别。
莫笑鸠鸟不会自营巢,

向来是稀里糊涂装拙劣。

个人名利,彻底抛弃,
人间是非,完全断绝。
繁华闹市的纠纷
　再不到我的门前来招惹;
枝繁叶茂的绿树,
　恰巧与我的屋宇相掩遮;
淡雅悠然的青山,
　正好为我的断墙填空补缺。
何况还有那
　翠竹篱笆围绕的清静茅舍!

深夜,蟋蟀声停,
他刚刚睡得宁贴;
清晨,雄鸡一叫,
他又百事奔忙、没有片刻休歇!
这劳苦奔波何时是尽头,
这争名夺利哪年能完结?
看他们——
　像密麻麻的蚂蚁布阵排兵
　似急匆匆的蜜蜂采花酿蜜,

如闹哄哄的苍蝇逐臭吮血。
告自己——
　　学裴相公隐居洛阳绿野堂,
　　效陶县令作客庐山白莲社。
我爱闲适自在的生活,
我爱秋天迷人的景色:
　　清晨和露采菊花,
　　深秋气爽吃紫蟹,
　　煮饭温酒烧红叶。
想人生一世终有限,
　　能饮几杯如意酒,
　　能过多少重阳节!
有人来问我,童仆要记着:
即便是孔北海专程看我来,
就说我东篱大醉,不能见客。

王 实 甫

王实甫,名德信,字实甫,大都(今北京)人。生卒年不详,约与关汉卿同时。是元代著名杂剧作家,著杂剧14种,今存3种,以《西厢记》名贯古今。散曲仅存小令1首,套数2篇。

小 令

[中吕·十二月过尧民歌]①

别　情

小令《别情》，写深闺女子思念远方情人的悲切心情，是一首由[十二月]与[尧民歌]两支曲子组成的带过曲。前曲写景，遥山远水、杨柳桃花、内阁重门，不仅都与"别情"紧紧相关，而且由远而近，都从主人公内心的感受中依次款款写来，塑造了一个触景伤情的环境，渲染了一种无限感怀的愁绪。后曲抒情，着重刻画主人公的内心活动，离别之痛，相思之苦，既表达得凄怆哀婉，深邃入微，又描写得形象具体，生动逼真。全曲感情步步深入，表现层次分明。前曲每句句末都用叠字，两两对仗；后曲连用四个复字连环句，字同意不同。这就增加了曲调的节奏感和韵律美，情调缠绵悱恻，意境深悠婉转，读来回味无穷。

自别后遥山隐隐，更那堪远水粼粼。见杨柳飞绵滚

---

① [十二月过尧民歌]：带过曲，由[十二月]与[尧民歌]二支曲子组成，其中每支曲子都不能单独用作小令。[十二月]句式为：四四、四四、四四，共六句五韵。[尧民歌]句式为：七七七七、二五五，共七句七韵。

滚,对桃花醉脸醺醺。透内阁香风阵阵①,掩重门暮雨纷纷②。【尧民歌】怕黄昏忽地又黄昏,不销魂怎地不销魂。新啼痕压旧啼痕,断肠人忆断肠人。今春,香肌瘦几分?缕带宽三寸③。

【翻译】

离别之后,我情思难禁:
远眺青山,青山时现时隐,
遥望流水,流水波光粼粼。
看见柳絮飞扬,
　我的心像白绵轻球,随风滚滚;
面对桃花盛开,
　我面红耳赤,醉意醺醺。
我藏身内室深闺,
　仍透出香风阵阵;
我紧闭庭院门窗,
　又听到暮雨声声。

最怕独自度黄昏,

---

① 内阁:深闺,内室。　② 重(chóng虫)门:庭院深处之门。　③ 缕(lǚ吕)带:裙带,腰带。

偏偏马上又黄昏。
原想相思不伤神,
　叫人怎能不伤神!
伤心泪水流不断,
　总是新痕压旧痕。
钟情最是离别苦,
　断肠人想断肠人。
又是一年春草绿,
试问闺中憔悴人:
香肌玉体瘦几分?
围裙缕带大三寸!

滕　　斌

　　滕斌,生卒年不详,一名宾,字玉霄。黄冈(今湖北黄冈)人。元至大年间任翰林学士,出为江西儒学提举,后弃家入天台山为道士。为人风流笃厚,狂嬉狎酒;其谈笑笔墨,为人传颂。有《玉霄集》,散曲存小令15首。

小 令

[中吕·普天乐]①

劝 世

《劝世》揭露仗权施威、倚强压弱、胡作非为的现实黑暗,单刀直入,快人快语,表现了作者进步的社会观。但从"善有善报、恶有恶报"的思想出发,劝人抛却名利场、归隐田园,却是明显的宿命论。此曲全面而又真实地反映了作者的思想。

仗权豪,施威势,倚强压弱,乱作胡为。我劝你,休窒闭②,此等痴愚儿曹辈③。利名场多少便宜,寻饥得饥,凭实得实④。归去来兮⑤!

---

① [普天乐]:句式为:三三、四四、三三、七七、四四四,共十一句七韵,第一、三、五、九句可不用韵,首二句、三四句、五六句可相对,末三句可作鼎足对。 ② 窒(zhì至)闭:阻塞、关闭。 ③ 儿曹辈:孩子们,儿子之辈。 ④ "寻饥"二句:意为"善有善报,恶有恶报"。 ⑤ 归去来兮:归去(退隐)吧!晋代陶渊明辞去彭泽县令,退隐归田,作《归去来兮辞》。"来"为语气助词,无意义,与"兮"字连用,起加强语气的作用。

【翻译】

依仗权势施淫威，

倚恃强豪压弱辈，

尽是胡作非为。

我劝你——

不要冥顽闭塞不悟悔，

别学痴呆愚蠢小儿辈。

名利场中无便宜，

争名夺利惹是非；

善报善来恶报恶，

命里注定怎相违。

回去吧，

劝君快把田园归！

姚 守 中

姚守中,生卒年不详。洛阳人,著名古文家姚燧之侄。做过平江(今江苏吴县一带)路吏。著杂剧3种,今不存;散曲仅存套数1篇。

套 数

[中吕·粉蝶儿]①

牛 诉 冤

套数《牛诉冤》,是作者站在劳苦农民的立场上,深

---

① [粉蝶儿]:属[中吕]宫曲调,句式为四七、七三三四、四七,共八句五韵。作套曲首曲,次曲多接[醉春风],中间曲调不固定,但用[上小楼]必接[么篇],[十二月]必带[尧民歌],[快活三]多连[朝天子],最后用[尾声]作结。

刻揭露社会矛盾、集中反映农民呼声的作品。全篇借耕牛之口诉农民之苦,通过耕牛不辞劳苦、专心事主最后惨遭杀戮的一生,揭露元代社会肆无忌惮地掠夺农民、破坏农业生产的罪恶,抨击元蒙贵族及其各级衙吏对农民残杀盘剥的行径,同时也赞扬了农民勤劳刻苦、忠于职守的纯朴品质。全篇以拟人化的手法,借耕牛之口,句句诉的是耕牛的悲伤冤苦,说的却是农民的辛酸血泪,以牛代人,生动真实,是其艺术上的独到之处。

性鲁心愚,住烟村饱谙农务①。丑则丑堪画堪图,杏花村,桃林野,春风几度。疏林外红日西晡②,载吹笛牧童归去。

【醉春风】绿野喜春耕,一犁江上雨。力田扶耙受驱驰,因为主甘分受苦。苦,苦,经了些横雨斜风,酷寒盛暑,暮烟晓雾。

【红绣鞋】牧放在芳草岸白蘋古渡,嬉游于绿杨堤红蓼平湖,画工描我在远山图。助田单英勇阵③,驾老

---

① 饱谙(ān 安):非常熟悉。　② 晡(bū 逋):下午三时至五时。　③ 田单:战国时齐国大将。燕伐齐,田守即墨(今属山东),收牛千余,披以彩衣,角系利器,尾束苇草浇油,夜燃其尾,火牛狂冲,燕军大败。

子蓦山居①,古今人吟未足。

【石榴花】朝耕暮垦费工夫,辛苦为谁乎?一朝染患倒在官衢②,见一个宰辅③,借问农夫:"气喘因何故?"听说罢感叹长吁。那官人劝课还朝去④,题着咱名字奏銮舆⑤。

【斗鹌鹑】他道我润国于民,受千辛万苦。每日向堰口拖船,渡头拽车。一勇性天生胆气粗,从来不怕虎。为伍的是伴哥王留⑥,受用的是村歌社鼓⑦。

【上小楼】感谢中书部⑧,符行移诸处⑨。所在官司,禁治严明,遍下乡都。里正行,社长行⑩,叮咛省谕:

---

① 老子:即老聃(dān 丹),姓李名耳,春秋时思想家,道家创始人。相传他曾骑青牛出函谷关西去。蓦:越过,翻越。居:"车"(jū)的同音借用。 ② 官衢(qú 渠):官道,即大道。 ③ 宰辅:皇帝的辅政大臣,一般指宰相。下句问牛,借用汉代丞相丙吉问牛的典故(见《汉书·丙吉传》)。 ④ 劝课:古代上层官员到民间了解民情,鼓励农耕,督缴税役。 ⑤ 銮舆:皇帝所乘的车驾。 ⑥ 王留:随意取的名字,元曲中常用以作农村青年的通称。 ⑦ 村歌社鼓:指农村祭祀土神、庆贺丰收等农事节日的音乐歌舞。 ⑧ 中书部:即中书省,总管朝廷政务的官署,也是发布命令的机构。 ⑨ 符行:法令行文。 ⑩ "里正"二句:元代十家为一社,有社长一人主事;十社为一里,设里正(即里长)一人主事。行(háng 杭):巡视。

宰耕牛的捕获申路①。

【么】食我者肌肤未肥，卖我者家私不富。若是老病残疾，卒中身亡②，不堪耕锄，告本官，送本部，从公发付，闪得我丑厂不着坟墓③。

【满庭芳】衔冤负屈，春工办足，却待闲居。圈门前见两个人来觑，多应是将我窥图。一个曾受戒南庄上的忻都④，一个是累经断北疆王屠⑤。好叫我心惊惧，若是将咱卖与，一命在须臾。

【十二月】心中畏惧，意下踌躇。莫不待将我衅钟⑥，不忍其觳觫⑦。那思想耕牛为主，他则是嗜利而图。

【尧民歌】被这厮添钱买我离桑枢⑧，不睹是牵咱过前途。一声频叹气长吁，两眼恓惶泪如珠⑨。凶徒，凶徒！贪财性狠毒，绑我在将军柱⑩。

【耍孩儿】只见他手持刀器将咱觑，吓得我战扑速魂

姚守中

---

① 申路：申报各路总管府。路，元代二等地方行政区划，设有总管府，隶属中书省。 ② 卒中(cù zhòng 促众)：中风。 ③ 闪：抛弃、丢下，此处有"害"的意思。 ④ 受戒：佛教信徒接受佛教戒律而举行的一种仪式。忻都：忻姓头目。 ⑤ 累：屡次。断：判罪。疆：疑为"疆"字。 ⑥ 衅钟：用牲畜血涂钟鼎。古代凡新铸器物，皆杀牲畜以血涂其缝隙，方可使用。 ⑦ 觳觫(hú sù 胡素)：因恐惧而发抖的样子。 ⑧ 桑枢：桑木门轴，此处指牛栏。 ⑨ 恓惶(xī huáng 西皇)：惊慌，害怕状。 ⑩ 将军柱：原指绑人的木柱，此处借指宰杀耕牛用的柱子。

归地府①,登时间满地血模糊,碎分张骨肉皮肤。尖刀儿割下薄刀儿切,官秤称来私秤上估。应捕人在旁边觑②,张弹压先抬了膊项,李弓兵强要了胸脯③。

【二】却不道"闻其声不忍食其肉?"划地加料物宽锅中烂煮④。煮得美甘甘香喷喷软如酥,把从前的主雇招呼。他则道"三分为本十分利",那里问"一失人身万劫无"⑤。有一等贪哺啜的乔人物⑥,就本店随机儿索唤,买归家取意儿庖厨⑦。

【三】或是包馒头待上宾,或是裹馄饨请伴侣。向磁罐中软火儿葱椒煀,胜如黄犬能医冷,赛过胡羊善补虚。添几盏椒花露,你装的肚皮饱旺,我的性命何辜!

---

① 战扑速:战战兢兢,浑身颤抖的样子。 ② 应捕人:负责捕人的衙役。 ③ 弹压、弓兵:均指专司地方镇压拘捕之职的兵丁。 ④ 划(chàn忏)地:照旧,还是。 ⑤ "一失人身"句:一旦失去人身,就是经历万劫也难以恢复。佛教相信因果报应,认为今生作恶,来世就变为畜生。劫,佛教用语,世间一生一灭为一劫。 ⑥ 哺啜(bǔ chuò补辍):吃喝。 ⑦ 庖(páo刨)厨:厨房,此处指烹调。

【四】我本是时苗留下犊①,田单用过牯,勤耕苦战功无补。他比那图财害命情尤重,我比那展草垂缰义有余②。我是一个直钱底物,有我时田园开辟,无我时仓廪尘虚③。

【五】泥牛能报春④,石牛能致雨⑤,耕牛运土遭诛戮。从今后草坡边野鹿无朋友,麦垄上山羊失了伴侣。那的是我伤情处,再不见柳梢残月!再不见古木昏乌。

【六】筋儿铺了弓,皮儿鞔做鼓⑥,骨头卖与钗环铺。黑角儿做就乌犀带,花蹄儿开成玳瑁梳。无一件抛残物,好材儿卖与了靴匠,碎皮儿回与田夫。

【尾】我元阳寿未终,死得真个屈苦,告你个阎罗王

---

① 时苗:东汉时廉臣,汉献帝建安年间,任寿春(今安徽寿县)令,乘母牛驾车赴任,后牛生一犊,离任时执意将牛犊留下,说来时本无牛犊。故此,时苗以清廉闻名。 ② 展草:传说三国时,吴国李信纯养狗又名黑龙,信纯醉卧草地,野火烧身未醒,黑龙跳入水中,以身上之水灭火,来回弄水,信纯得救,黑龙累死。垂缰:传说晋时前秦符坚与前燕慕容冲战,败逃落水,其坐骑跪立涧边将缰绳垂下,让符坚攀绳而上得救。 ③ 仓廪(cāng lǐn苍凛):粮仓。 ④ 泥牛:土牛,周代起就有岁末出土牛送寒气的风俗,后改为立春前一日造土牛,象征春耕开始,故又称春牛。 ⑤ 石牛:传说古代郁林州(今广西玉林)东南池中有石牛,天旱,人们杀牛以血和泥涂石牛身上,祈雨能立见效果。 ⑥ 鞔(mán蛮):用皮蒙鼓,有绷紧的意思。

正直无私曲,诉不尽平生受过苦。

【翻译】

　　我生来性情鲁莽,也自认心地愚拙。
　　家住炊烟缭绕的乡村,熟悉田家的一切农活。
　　相貌长得虽然丑,总被摹描入画图。
　　杏花村,桃林野,
　　春风煦煦,度过多少快乐好时候。
　　疏林外,落日斜,
　　笛声悠悠,载着牧童回村缓步走。

　　嫩绿原野闹春耕,
　　犁地江上雨如注。
　　努力耕作被驱赶,
　　为了主人愿受苦。
　　苦啊!实在是苦:
　　经受了多少斜风横雨!
　　熬过了多少严冬酷暑!
　　送走了多少暮烟晨雾!

　　我在芳草岸边,白蘋渡口徜徉吃草,
　　我在绿杨堤上,红蓼湖旁嬉戏走动,

这一切,画师们都绘在山水图中。
我帮助田单英勇杀敌,冲锋陷阵,
我协助老子驾车过关,西出远行,
这一切,古今文人不断赞颂。

朝耕暮垦费尽工夫,
为谁劳作为谁受苦!
一日病倒在大路上,
见一个宰相问农夫:
"气喘吁吁因何故?"
听人问罢我感叹长吁。
宰相劝农催税还朝去,
写着我的名字向皇帝上书。

他说我——
为国为民受尽万般苦,
每日坝口拖船,码头拉车,
天生胆子大,从来不怕虎。
作伴的是年轻小伙王留,
享受的是农村山歌、赛社锣鼓。

感谢朝廷中书省,

颁布法令传谕各处。
禁杀耕牛,法令严明,
当地官员下达城乡各处。
里正社长们一齐行动,
四下里反复宣传告示:
"宰杀耕牛者,追捕送官府!"

吃我的人,身上不长肉,
卖我的人,家财不发富。
"若有老病瘦残、中风身瘫、不能耕种,
都要速告本官、全送本府、从公论处!"①
如果耕牛送官府,官家分吃定不误,
害得我尸体不全、休想进坟墓。

我含辛茹苦,蒙冤受屈,
干完春耕农活,正要休息闲居,
牛栏前忽看见两人窥视,
多半是在谋算将我买去。

---

① "若有老病瘦残"等六句,原文是里正、保长宣讲法令的口气,耕牛在此引用是为了说明牛被送到官府必被官员分吃了。故译文加引号。

一个是接受佛教戒律的南庄忻和尚,
一个是多次判刑治罪的北疆王屠夫。
见此景,真叫我心惊肉跳疑虑重,
卖给他,顷刻间我就将一命呜呼!

心中害怕,
老在猜疑嘀咕:
是不是要拿我的鲜血去涂钟?
怕看我临死前的颤抖凄苦?
何曾想耕牛出力卖命全为主,
他只是唯利而图其他全不顾。

这家伙添钱加价买我离栏圈,
不知他们牵我到何处?
我一声声哀叹气长吁,
两眼惊慌泪水如珠。
贪婪的凶手,残酷的暴徒!
你们贪财害命,心狠手毒,
把我捆绑在宰牛的木柱。

只见他手拿刀儿将我斜视,
吓得我战战兢兢魂归地府,

刹时间满地血肉模糊。
大砍分骨肉，细解剥肌肤，
尖刀儿割下薄刀儿再细切，
官秤上称了私秤上再重估。
缉捕衙役在一旁看，
张弹压先下手抬走了肩肘，
李弓兵硬逼着拿去了胸脯。

从不管"闻其声不忍食其肉"的古训①，
照样地加佐料大锅中将俺烂煮。
煮得肉味鲜美，香气扑人，软如酥乳，
还不断高声叫卖，把从前的雇主招呼。
只知道三分本钱可得十分厚利，
那管他失人身堕苦海万世难复。
还有些贪图吃喝、装模作样的人物，
到店里胡乱叫唤，乘机索取，
买回家随其所好，精心烹煮。

可以做成肉包子招待贵客佳宾，

---

①"闻其声"句：意为"听到它的哀叫就不忍吃它的肉"，见《孟子·梁惠王上》，因其意义明白，未作直译。

也可剁成馄饨馅宴请知心伴侣。
若是用磁罐加葱椒,微火慢煮:
　　补血胜过黄狗肉,能增温祛寒,
　　益气赛过胡羊肉,会壮阳补虚。
再斟几杯椒花酒,
你吃得肚皮圆又鼓。
我丧性命太无辜!

我本是——
　　汉代时苗离任留下的小牛犊,
　　战国田单作战用过的火牛牯,
勤耕苦战,累建殊功,从未偿补。
他比那图财害命的罪行还要大,
我比这犬马救主的义气还有余。
我是一个值钱的动物:
　　有了我,田园才能开垦种植,
　　没有我,仓库就会荡然空虚。

送泥牛,能驱寒报春天,
祭石牛,能祈神降春雨,
我耕牛,犁田运土反遭诛。
从今后——

山坡草地边，野鹿无朋友，
　　麦垅田埂上，山羊失伴侣。
那正是——
　　昔日耕田吃草地，
　　今日伤心落泪处。
再不见——
　　夜阑柳梢娥眉月，
　　黄昏古树归巢乌。

我的筋儿拉长成了弓，
我的皮儿绷开蒙了鼓，
骨头儿卖给钗环首饰铺。
黑牛角加工成乌犀带
花牛蹄锯成玳瑁梳。
从头到脚都有用，
没有一件抛弃物。
好皮子卖与皮鞋匠，
碎皮儿回销给农夫。

我的阳气还没完，
死得真是太冤屈。
我要控告你这自称正直无私的阎罗王，
诉也诉不完我这一生一世受过的苦。

冯子振

冯子振(1257—1314以后),字海粟,自号怪怪道人、瀛洲客。攸州(今湖南攸县)人。曾做过承事郎、集贤待制等官。作风豪放萧爽,文思敏捷非凡,作文随纸多少,一挥而尽。明代宋濂誉之为"一世之雄"。著《梅花百咏》诗一卷,散曲存小令44首。

小 令

[正宫·鹦鹉曲]①

农 夫 渴 雨

作者共作[鹦鹉曲]42首,此为其中之一,都是和白贲[鹦鹉曲]《侬家鹦鹉洲边住》的。白作为当时伶人文士广为传唱,由于韵律极严,唱和续作者极少,冯氏应邀一连和了几十首。这首写农夫渴雨的心情,稻苗抽花,最需雨水,这是关系农事丰歉和决定农民温饱的关键时刻,作者抓住这点,把禾苗的急需雨水与农夫的盼雨心情,真切生动地刻画出来,表现了对农民疾苦的关怀。

年年牛背扶犁住,近日最懊恼杀农父。稻苗肥恰待抽花,渴煞青天雷雨。【么】恨残霞不近人情,截断玉虹南去②,望人间三尺甘霖③,看一片闲云起处。

---

① [鹦鹉曲]:原名[黑漆弩],又名[学士曲],因白贲用此曲调写小令,首句为"侬家鹦鹉洲边住"极有名,后人和作甚多,于是都称为[鹦鹉曲]。此曲分前后两片。其句式:前片七七、七六,后片七六、七七,共八句五韵,第三、五、七句可不用韵。 ② 玉虹:白虹,指雨后天空中出现的彩虹。 ③ 甘霖:有利于作物生长的及时雨。

【翻译】

　　年复一年,在牛背后扶犁掌耙过日子,
　　最近以来,巨大的烦恼折磨着我们农夫。
　　秧苗肥壮,眼看到了扬花吐穗的时候,
　　心急如焚,迫切希望老天爷下场大雷雨。
　　恨只恨那天边的晚霞太不近人情,
　　截断了南去的彩虹,遏制了要来的云雨。
　　盼只盼这人间的好雨下它三尺厚,
　　看朵朵白云聚复散,不知雨在何处?

冯子振

珠帘秀

　　珠帘秀,姓朱,排行第四,珠帘秀为艺名。生卒年不详。元代著名杂剧女演员,为当时文士们所称颂,与关汉卿、卢挚等名家交往颇深,均有词曲赠答。散曲仅存小令1首,套数1篇。

小 令

[双调·落梅风]①

答卢疏斋②

朱氏这首《答卢疏斋》是回赠卢挚的,是依照卢赠给她的《别珠帘秀》一曲的原曲牌填写的。句句与卢曲对应,是对卢作的回答。曲中开始写离别情景,表达了对朋友的依恋与关切之情;然后写内心隐痛,倾诉了对艺伶生涯的无限哀怨与悲愤,深沉激越,真挚动人。与卢曲对照来读,反映出两人不同的身份地位与思想感情。

山无数,烟万缕,憔悴煞玉堂人物③。倚蓬窗一身儿活受苦,恨不得随大江东去。

---

① [落梅风]:又名[落梅引]、[寿阳曲],句式为三三七、七七,共五句四韵,首句可不用韵。节奏特殊,第三句和末句均为上三下四句法。 ② 卢疏斋:即卢挚(见前面卢挚生平介绍),卢挚[双调·落梅风]《别珠帘秀》原文:"才欢悦,早间别,痛煞煞好难割舍。画船儿载将春去也,空留下半江明月。" ③ 玉堂:即王堂署,官署名。唐宋以后称翰林院,主掌内廷起草、编纂、撰述、典礼诸事。供职者称翰林学士。卢挚曾官翰林学士,此处玉堂人物,是对卢的敬称。

【翻译】

　　四周山峦无数，
　　　缕缕炊烟正是黄昏时候。
　　离别情绪苦煎熬，
　　　翰林学士面容消瘦。
　　倚窗眺望难割舍，
　　　孤孤零零怎生忍受！
　　恨不得飞身前去，
　　　与你一同去随江东流。

贯 云 石

贯云石(1286—1324),本名小云石海涯,父名贯只哥,遂以贯为姓。号酸斋,又号芦花道人,维吾尔族人。少年勇武,初袭父官,后弃武学文,从姚燧读书,官至翰林侍读学士、中奉大夫、知制诰,后辞官移居杭州。散曲与徐再思(号甜斋)齐名,有《酸斋乐府》一卷,现存小令79首,套数8篇。

小 令

[正宫·塞鸿秋]①

代 人 作

《代人作》原两首,这里选译的为第一首。代谁所作不详。全曲写西风鸿雁引起的无限思绪,既有兴亡之感叹,又有离人之哀思,历史的悲剧与现实的离情交织在一起,伤情无限,思绪纷繁。作者引而不发,欲言又止。把一个人到了相思已极时想写而又无从下笔时的心态,逼真地表现出来,文笔婉转曲折,含蓄动人。

战西风几点宾鸿至②,感起我南朝千古伤心事③。展花笺欲写几句知心事④,空教我停霜毫半晌无才思。往常得兴时,一扫无瑕疵⑤。今日个病厌厌⑥刚写下两个"相思"字。

---

① [塞鸿秋]:亦可入[中吕]和[仙吕]宫调,句式为七七、七七、五五、七,共七句七韵。 ② 宾鸿:刚来的鸿雁。雁为候鸟,秋南来,春北往,来往如宾,有"鸿雁来宾"之说。 ③ 南朝:东晋后建都在建康(今南京)的宋、齐、梁、陈四个朝代。 ④ 花笺(jiān艰):专供题辞吟咏用的精致华美的纸。 ⑤ 瑕疵(xiá cī 霞辞阴平):原指玉上的斑点,用以比喻微小的缺点。 ⑥ 厌厌:同"恹恹",病态,精神疲乏貌。

【翻译】

遥望远空中大雁几点，

迎着秋风飞来，

勾起我对南朝历史的回忆，

引发我对千古兴亡的感慨。

铺开精美的笺纸，抒发内心情怀，

握笔空费半天力，才思无半点。

往昔兴致来时，

一挥而就无缺憾。

今日刚刚写了"相思"两个字，

就无精打采，疲惫不堪。

[中吕·红绣鞋]①

欢 情

《欢情》写青年男女夜半幽会的情态，大胆而不淫秽，把炽热甜蜜的欢情与担惊受怕的心理，刻画得细腻而又逼真，表现了青年男女对爱情幸福的大胆追求。头三句中一连串"着"字结构的出现，第三、四、五句连环鼎足句

---

① [红绣鞋]：又名[朱履曲]。句式为六六七、三三五，共六句六韵，首二句宜对。本曲变化较多，首二句有作七字句的，二个三字句也有作五五的。

的使用,使得全曲节奏鲜明,感情激越,颇具民歌风味。

挨着靠着云窗同坐,偎着抱着月枕双歌。听着数着愁着怕着早四更过①。四更过情未足,情未足夜如梭。天哪!更闰一更妨甚么②。

【翻译】
我挨着你,你靠着我,
　并肩携手窗前坐;
你搂着我,我抱着你,
　同床共枕唱心歌。
听罢更声远去,又数谯楼鼓过,
更愁拂晓来临,最怕被人撞破,
不知不觉,早上四更时已过。
四更已过,聚首欢情犹未足,
欢情未足,夜里光阴快如梭。
天哪,你再闰一更怕什么!

---

① 四更(gēng耕):更是古代夜间计时单位,一夜分五更,每更约两小时。四更,指早上一时至三时。 ② 更闰一更:历法计年与地球公转一周的时间有差数,必须加以调整,阳历每四年增加一日,叫闰日,夏历每三年增加一月,叫闰月,有闰日闰月的年,叫闰年。更闰一更,即再增加一更的意思。

张 养 浩

张养浩(1270—1329),字希孟,号云庄,山东济南人。曾任监察御史,因批评时政为权贵所忌,以罪罢官。后复官至礼部尚书,参议中书省事,感于宦海风波,遂辞官归隐,屡召不赴。天历二年(1329),关中大旱,出任陕西行台中丞,日夜治旱救灾,积劳成疾,到任四月,死于任所。文集有《云庄集》四十卷,《归田类稿》二十四卷;散曲集有《云庄休居自适小乐府》一卷,现存小令161首,套数2篇。

小　令

[双调·雁儿落过得胜令]

退　隐

张养浩共作带过曲[雁儿落过得胜令]六首,都是写自己退隐后的情趣感受。这首专写云山美景,前曲是写山下仰视,后曲是写山上俯视,高低层次有致。全曲句句写云山,句句云山景不同,作者将云山写活了,人格化了,从而表达出作者对大自然秀美景色的厚爱,也展示了作者旷达爽朗的情怀。

云来山更佳,云去山如画,山因云晦明,云共山高下。　倚杖立云沙①,回首见山家,野鹿鸣山草,山猿戏野花。云霞,我爱山无价,看时行踏②,云山也爱咱。

【翻译】
　　白云飞来,青山迷蒙景更佳,
　　白云飘去,山色秀丽美如画。
　　山因云的聚散而亦明亦暗,
　　云随山的起伏而时上时下。

---

① 云沙:指云雾。　② 行踏:走动。

倚杖立高山，身披五彩霞，
回首往下看，山下有人家。
野鹿欢呼嚼嫩草，
山猿奔跳嬉野花。

啊，多么灿烂的云霞！
我爱这云山雾景难估价。
我边走边看，
料云山雾景也爱咱。

[中吕·红绣鞋]

警　世

作者有[红绣鞋]共九首，都是揭露做官危险，抨击吏途黑暗的。本首写官吏作威作福，招致天怒人怨，大祸临头的事实，说明为官由盛到衰、因福致祸的原因，揭露了当时官场的险恶，表达了作者对官场人物的嘲讽。开头写为官时的赫赫威风与末尾写临祸时的惊恐丑态，形成了强烈的对比，这是对那些迷恋官场、滥施官威者的当头棒喝。

才上马齐声儿喝道①,只这的便是送了人的根苗②。直引到深坑里恰心焦③。祸来也何处躲,天怒也怎生饶,把旧来时威风不见了。

【翻译】

才当官就扰民喝道耍威风,
这便是断送人的祸根。
它引着你直走到罪恶深坑,
你这才开始知道心焦痛。
大祸临头看你何处躲避?
老天激怒怎会把你宽容!
这时候再来看你的举动,
昔日的威风早已无影无踪!

[中吕·山坡羊]

潼 关 怀 古

《潼关怀古》是作者的一首名曲,为历代所称颂,是他出任陕西行台中丞时所作。作品写作者赴任途中路经潼关,目睹历史遗迹的变迁,感古伤今,哀叹现实百姓

---

① 喝道:古代大官外出,衙役侍从导前鸣锣吆喝,令行人躲避让道。 ② 送了人:断送、害人。根苗:缘由。 ③ 恰:才。

的苦难,表达了对历代统治者的憎恨和对人民的深切同情。尤为难得的是,作者以简练的语言揭示了封建社会的普遍规律:不论是历代帝王的更迭,抑或是封建朝廷的盛衰,带给老百姓的都是痛苦和灾难。这样深刻的认识,在散曲作品中是前所未见的。在表现手法上,作者把历史和现实融为一体,将潼关形势的险峻与封建帝王的罪恶结合起来,写景、抒情、议论都恰到好处,写得雄浑深沉,精当有力。

峰峦如聚,波涛如怒,山河表里潼关路①。望西都②,意踌躇③,伤心秦汉经行处,宫阙万间都做了土④。兴,百姓苦,亡,百姓苦。

【翻译】

群山峰峦重重,如攒如簇!
黄河波涛滚滚,似吼似怒!

---

① 潼关:古代关名,在今陕西潼关。位于陕、晋、豫三省交界之处,外有黄河作屏,内有华山为靠,形势险要,为古代兵家必争之地。 ② 西都:即长安,今名西安。东汉建都洛阳,称东京,以长安为西京,亦分别称为东、西二都。 ③ 踌躇(chóu chú 愁除):犹豫。此处带有伤感、愁闷之意。 ④ 宫阙(què 却):宫殿。

背山面水,潼关扼守一条路。

登上关山,西望古都,

思潮起伏,心志踌躇,

令人伤心呵,

秦汉以来争雄处,

万间宫阙成废土。

帝王兴起,百姓遭殃受苦,

朝廷衰亡,百姓也遭殃受苦。

套　数

[南吕·一枝花]

咏　喜　雨

这篇套数是作者晚年在陕西治旱救灾时写的。不仅写了盼雨的焦急,祈雨的至诚,也写了得雨后的喜悦,表达了作者对农业生产和农民生活的关怀。尤为难得的是作者没有停留在久旱得雨的喜悦上,面对雨后灾民仍然"弃业抛家"、"背乡离土"的现实,他深知下再大的雨,也"洗不尽从前受过的苦",这就暗示了造成农民痛苦的社会原因,比一般的同情民苦,关怀民情的作品要深刻得多。

用尽我为民为国心,祈下些值玉值金雨。数年空盼望,一旦遂沾濡①。唤省焦枯②,喜万象春如故。恨流民尚在途,留不住都弃业抛家,当不的也离乡背土。

【梁州】恨不的把野草翻腾做菽粟③,澄河沙都变化做金珠,直使千门万户家豪富,我也不枉了受天禄④。眼觑着灾伤教我没是处,只落的雪满头颅。

【尾声】青天多谢相扶助,赤子从今罢叹吁⑤,只愿的三日霖霪不停住⑥,便下当街上似五湖,都淹了九衢⑦,犹自洗不尽从前受过的苦。

【翻译】

至信至诚,费尽我为国为民的一颗心,
焚香拜佛,求下那如金似玉的一些雨。
好几年白白的祈求和盼望,
到今日干旱的土地才被滋润复苏。
枯焦的苗叶已被唤醒又吐绿,

---

① 沾濡(zhān rú 毡如):浸润,沾湿。 ② 唤:即"醒"。 ③ 菽粟(shū sù 书塑):此处泛指粮食作物。菽,豆类总称;粟,即谷子,古代为黍、稷、粱、秫的总称。 ④ 天禄:天子给的奉禄,即朝廷的官薪。 ⑤ 赤子:原指初生婴儿、古代多指老百姓。 ⑥ 霖霪:久下不停的大雨。 ⑦ 九衢:四通八达的大道。

喜原野景象春意葱茏美如故。
可叹逃难灾民，仍然流离失所在路衢，
春雨留不住抛家弃业的百姓，
挡不住他们拖儿带女离乡背土。

恨不得把遍地野草变为麦粟，
叹不能将河底沉沙化作金珠。
只要千家万户都能丰衣足食，
我也不白受了这份朝廷俸禄。
眼看着灾害肆虐束手无策，
只急得我白发银丝满头颅。

感谢青天老爷相助相扶，
从此老百姓不再感伤叹吁。
愿大雨下它三天三夜不停住，
下得满街汪洋一片似江湖，
就是把四通八达的道路都淹没，
也洗不尽百姓们过去受过的苦。

白　贲

　　白贲(bì 碧),生卒年不详,字无咎,号素轩;原名徵,字于易。诗人白珽之子,钱塘(今杭州)人,祖籍为山西太原,宋南渡后,迁居钱塘。贲曾为元代温州路平阳州教授,南安路总管府经历。长于诗文,亦善绘画。散曲现存小令2首,套数3篇。

小　令

[正宫·鹦鹉曲]

"侬家鹦鹉洲边住"

　　白贲这首《"侬家鹦鹉洲边住"》,是元代的一首名曲,一时伶人广为传唱,文士也争相和作。作者将自己怀才不遇的愤懑,融化在隐逸生活的闲适之中,表面上是歌颂渔翁的生活乐趣,实际上是表达自己对处境的不满,最后两句可以看作是反语,包含有埋怨天公没有给他安排一个去处的意思。此曲委婉而深沉地反映了当时汉族文士们不得志的共同心声,因而引起共鸣,广为流传。

侬家鹦鹉洲边住①,是个不识字渔父。浪花中一叶扁舟,睡煞江南烟雨。【幺】觉来时满眼青山,抖擞绿蓑归去。算从前错怨天公,甚也有安排我处②。

【翻译】
  我家久在鹦鹉洲边住,
  我是个不识字的渔夫。
  风里来浪里去那一叶小小扁舟,
  载我睡过了江南多少迷蒙烟雨。

---

① 鹦鹉洲:在今湖北武汉西南的长江中。相传东汉末,江夏太守黄祖长子射,大会宾客于此,有人献鹦鹉,祢衡作《鹦鹉赋》记之,因此得名。 ② 甚也:真的。甚,在词曲中作领句时有正、真等义,与"甚么"之"甚"作"怎"、"何"义者不同。

醒来时满眼青山郁郁葱葱,
拍抖着绿草蓑衣悠然归去。
想从前是我错怪错怨了天公,
天公真也安排了我的去处。

郑 光 祖

郑光祖,生卒年不详。字德辉,平阳襄陵(今山西临汾)人。为人方正,做过杭州路吏。卒于杭州,火葬灵芝寺。是元代后期著名戏曲作家,作杂剧18种,今存《倩女离魂》等8种,散曲存小令6首,套数2篇。

小 令

[双调·折桂令]

梦 中 作

这首《梦中作》,因思成梦,记梦思人,思忆结合,构思纤巧。头三句写梦中情,表现与情人在梦中的歌舞欢情;次三句写醒后景,月朗风轻,夜深衾冷,制造出一个思忆的氛围。七、八两句写主人公似梦非梦、似醒非醒、迷离恍惚、如醉如痴的神态,表明思恋之情已达极点;最后三句,集中描绘感情的曲折回环、腾挪跌宕,已经到了不思还想、欲罢不能的地步了。全曲由思量写起,以思量作结,梦境与现实交织,追忆与想象合一,写得缠绵飘忽,委婉细腻。

　　半窗幽梦微茫,歌罢钱塘①,赋罢高唐②。风入罗帏,爽入疏棂③,月照纱窗。缥缈见梨花淡妆,依稀闻兰麝余香。唤起思量,待不思量,怎不思量!

【翻译】
　　窗户半开月微茫,

————

　　① 钱塘:即杭州,为古代歌舞繁华之地。此处借南齐时钱塘著名歌妓苏小小之事来指歌舞。小小[蝶恋花]词,有"妾本钱塘江上住,花落花开,不管流年度"之句。 ② 高唐:战国时楚国的一个观台名,在云梦泽中。楚国宋玉作有《高唐赋》,写他与楚襄王游云梦泽,望高唐观时,谈到往昔楚怀王游高唐梦见巫山女神之事。后以"高唐云雨"比喻男女幽会交欢之事。此处借指梦中之欢。 ③ 疏棂(líng 零):稀疏的窗格子。

情人幽会在梦乡：
尽兴歌舞学小小，
欢情云雨乐高唐。
清风徐徐入罗帐，
爽气缓缓透疏棂，
醒来冷月照纱窗。
隐隐约约还看见，
　梨花玉容着淡妆；
仿仿佛佛犹闻到，
　兰麝温馨散余香。
梦中情景不能忘，
总是唤起我思量，
待要今后不思量，
怎能做到不思量！

曾　瑞

曾瑞(约 1261—1330 以后),字瑞卿,号褐夫。大兴(今北京大兴)人,后迁居杭州。其人神采卓异,不愿出仕。善丹青,能隐语,工小曲。有杂剧一种,散曲集《诗酒余音》今已不存,现存散曲有小令 95 首,套数 17 篇。

小 令

[南吕·四块玉]①

叹 世

这首小令题为《叹世》,实际是警告那些耍阴谋、弄权术之徒,为私利去拼命,结果如蚕吐丝作茧一样,利了别人,害了自己。作者看到了社会中的这类丑恶现象,将其艺术地再现,给以有力的鞭笞,这在当时是有现实意义的。作品以蚕作茧自缚比喻那些搬起石头砸自己脚的坏人,想象新奇,寓意深刻。

罗网施,权豪使,石火光阴不多时②。劫活若比吴蚕似③,皮作锦,茧作丝,蛹荡死④。

【翻译】

设置罗网圈套,

玩弄强豪权术。

阴谋诡计长不了,

---

① [四块玉]:属[南吕]宫曲调,句式为三三、七七、三三三,共七句五韵,第一、五句可不用韵。 ② 石火光阴:像火石闪光似的岁月。 ③ 劫(jié结)活:拼命地干活。劫,尽力,坚定之意。吴蚕:吴地之蚕,江浙一带古代称吴。 ④ 荡:同"烫"。

火红日子转瞬逝。

攫取私利拼命干，

结局好比蚕儿似：

皮做十缎锦，

茧抽百尺丝，

蛹被开水活烫死。

[南吕·骂玉郎过感皇恩采茶歌]①

闺中闻杜鹃

本篇题为《闺中闻杜鹃》，把闺中思妇听到杜鹃叫声而引起的感情波澜，淋漓尽致地表现出来。作者没有直接去写思妇对丈夫的怀念与怨恨，而是通过她闻杜鹃、烦杜鹃、骂杜鹃等一系列的描写，将其复杂的心理活动细腻、深沉而又层次分明地刻画出来，笔调含蓄风趣，语言生动活泼。

---

① [骂玉郎过感皇恩采茶歌]：这是南吕宫带过曲，由[骂玉郎]、[感皇恩]和[采茶歌]三支曲子组成，它们都不能单独用作小令。[骂玉郎]句式为七五七、三三三，共六句六韵。[感皇恩]句式为四四、三三三、四四、三三三，共十句五韵，第三、四、六、八、九句可不用韵。[采茶歌]句式为三三七、七七，共五句五韵。

无情杜宇闲淘气①,头直上耳根底②,声声聒得人心碎。你怎知,我就里③,愁无际?【感皇恩】帘幕低垂,重门深闭。曲阑边,雕檐外,画楼西。把春醒唤起④,将晓梦惊回。无明夜,闲聒噪,厮禁持⑤。【采茶歌】我几曾离,这绣罗帏?没来由劝我道"不如归"!狂客江南正着迷⑥,这声儿好去对俺那人啼。

【翻译】
　　杜鹃无情又无理,
　　闲着没事爱淘气;
　　叫声在我头顶上,
　　叫声钻我耳根底,
　　一声一声又一声,
　　噪得我心碎身无力。
　　杜鹃杜鹃你可知?
　　我内心的愁苦无边际!

　　① 杜宇:即杜鹃鸟,又名子规。其鸣叫之声近似"不如归去"。又传说古代蜀国国王杜宇,后让位归隐去世,魂化为杜鹃,鸣声"不如归去",故杜鹃又叫杜宇。　② 头直上:头顶上。　③ 就里:内情,内里,就地里。　④ 醒(chéng 诚):喝醉了酒神志不清的样子。　⑤ 厮禁持:互相纠缠、折磨。　⑥ 狂客:对久出未归丈夫的怨称。

窗帘幕,层层低垂,
院阁门,重重紧闭,
我要远远躲避你。
长廊尽头曲栏边,
雕梁檐外画楼西,
躲到哪儿哪儿都有你。
你把我怀春的醉意唤起,
你将我钟情的美梦惊醒。
你无日无夜地到处乱啼,
扰得我烦躁不宁难安息。

我不曾离开过这鸾帐闺邸,
没缘由劝我说"不如归去"!
我那外出的男人正为江南美人着迷,
你这恼人的声音最好去向他啼!

睢景臣

睢景臣,生卒年不详,一名舜臣,字景贤,一作嘉贤。扬州人,后迁居杭州。自幼好读书,心性聪明,酷嗜音律。作词一卷,剧3种,均不存。散曲仅存套数3篇。

套 数

[般涉调·哨遍]①

高 祖 还 乡②

《高祖还乡》是元代散曲中久负盛名的杰作,历传不衰。元代戏曲家钟嗣成曾指出:当时杭州不少曲家都作过《高祖还乡》套数,唯有睢景臣这篇"制作新奇,诸公皆出其下"。的确,睢景臣这篇《高祖还乡》,立意高,主题新,手法奇。作者不写刘邦"威加海内"的赫赫功勋,专门揭露他发迹前的恶劣行径;不直接渲染刘邦荣归故里

---

① [哨遍]:为[般涉调]中常用套数的首曲曲调,句式为六七、五六、三四四五、六四四、七七、四四四,共十六句十韵,此曲少"六四四"三句。套数[般涉调·哨遍],次曲必用[耍孩儿],而[耍孩儿]后面一般不用别的曲子,只连用几支[煞]曲,[煞]曲是为充分表达曲意而增加的,多少不拘,但顺序的数字多是从大到小,至[一煞]为止,全套最后以[尾声]作结。[耍孩儿]也常用作套数首曲,如[般涉调·耍孩儿],前面杜仁杰《庄家不识构阑》即是。 ② 高祖:汉高祖刘邦,西汉王朝的建立者,字季,沛县(今江苏西北部与山东相邻)人,人称沛公。汉高祖十二年(前195)十月,刘邦在会甀(kuài zhuì 快坠,在今安徽宿州市南部)平定淮南王英布(亦称黥布)后,胜利回朝路过故乡,逗留十几天,其事见《史记·高祖本纪》和《汉书·高帝纪》。睢景臣这篇散曲《高祖还乡》,记的就是刘邦这次还乡中的一个场面,但其写作角度与正史完全不同。

的盛况,而是描述皇帝仪仗在乡民眼中稀奇古怪、滑稽可笑的窘态,彻底剥去至高无上的皇帝头上的神圣光环,反映了广大百姓对封建皇权的轻蔑与反感,具有积极的思想意义。作品构思巧妙,通过一个熟知刘邦底细的乡民的眼睛描绘接驾的浩大场面,让各种人物登场表演,展示了百姓们对接驾的心烦与不满;又通过该乡民的嘴揭了刘邦的老底,把他过去的丑恶行径全都抖落出来,指名道姓,进行斥责,合情合理,真实可信,使生活真实与艺术真实达到了完美的统一。整篇套曲,结构严谨,情节丰富,人物众多,既有眼前热闹场景的描述,也有人物内心活动的刻画,作者借用漫画的夸张手法和喜剧的讽刺艺术,使这一切都在嘻笑怒骂、幽默嘲讽的基调中进行,加之想象比喻,生动切贴;方言俚语,活泼传神,更增乡土气息。读来妙趣横生,使人忍俊不禁。

　　社长排门告示①:但有的差使无推故②。这差使不寻俗,一壁厢纳草除根,一边又要差夫,索应付③。又言是车驾④,都说是銮舆,今日还乡故。王乡老执定瓦台

---

　　① 社长:元代乡村五十户为社,设社长一人管理农桑赋税等事。　② 但有的:所有的。　③ 索:必须。　④ 车驾:皇帝所乘之车,用作帝王的代称。下句銮舆为装有銮铃之车驾,亦为帝王之代称。

盘,赵忙郎抱着酒胡芦。新刷来的头巾,恰糨来的绸衫①,畅好是妆幺大户②。

【耍孩儿】瞎王留引定火乔男女③,胡踢蹬吹笛擂鼓,见一飚人马到庄门④,劈头里几面旗舒:一面旗白胡阑套住个迎霜兔⑤,一面旗红曲连打着个毕月乌⑥,一面旗鸡学舞⑦,一面旗狗生双翅⑧,一面旗蛇缠葫芦⑨。

【五煞】红漆了叉,银铮了斧,甜瓜苦瓜黄金镀⑩,明晃晃马镫枪尖上挑⑪,白雪雪鹅毛扇上铺⑫。这几个乔人物,拿着些不曾见的器仗,穿着些大作怪衣服。

---

① 糨(jiàng降):浆,衣服洗净后用米汁浆洗。 ② 畅好是:真正是,简直是。妆幺:装相,装模作样。 ③ 火:同"伙"。乔:此处除装模作样外,还含有狡猾无赖,不三不四之义。 ④ 一飚(biāo标):一大队。 ⑤ 白胡阑:白环,胡阑反切音环。迎霜兔:白兔。白环套住白兔,传说月中有兔,全句指月旗。 ⑥ 红曲连:红圈,曲连反切音为圈,指太阳。毕月乌:二十八宿之一,指乌鸦。红圈套着乌鸦,传说日中有三足金乌,此句是指太阳旗。 ⑦ 鸡学舞:指凤凰旗。 ⑧ 狗生双翅:指飞虎旗。 ⑨ 蛇缠葫芦:指蟠龙戏珠旗。 ⑩ 甜瓜苦瓜:指金瓜锤。 ⑪ 马镫:指朝天镫,一种仪仗器具。 ⑫ 鹅毛扇:指鹅毛宫扇,作仪仗用,也叫障扇。

【四煞】辕条上都是马,套顶上不见驴①,黄罗伞柄天生曲②。车前八个天曹判③,车后若干递送夫。更几个多娇女,一般穿着,一样妆梳。

【三煞】那大汉下的车,众人施礼数,那大汉觑得人如无物。众乡老展脚舒腰拜,那大汉挪身着手扶。猛可里抬头觑,觑多时认得,险气破我胸脯!

【二煞】你身须姓刘,你妻须姓吕④,把你两家儿根脚从头数。你本身做亭长耽几盏酒⑤,你丈人教村学读几卷书。曾在俺庄东住,也曾与我喂牛切草,拽坝扶锄⑥。

【一煞】春采了俺桑,冬借了俺粟,零支了米麦无重数。换田契强秤了麻三秤⑦,还酒债偷量了豆几斛⑧。有甚胡突处⑨?明标着册历,见放着文书⑩。

---

① 套顶:应为"套项",牲口拉车时脖子上套的项圈。 ② 黄罗伞:皇帝銮舆上的车盖,用黄色丝绸制作。 ③ 天曹判:天上的判官。此处用以形容为皇帝导驾的官员像威严的判官。 ④ 吕:刘邦妻叫吕雉(zhì 治),字娥姁(xǔ 许),史称吕后。 ⑤ 亭长:秦时十里为一亭,十亭为一乡。刘邦在秦时,曾做过泗水亭长。 ⑥ 坝(bà 罢):同"耙",一种有齿的碎土平地农具。 ⑦ 秤:前一个念(chēng 称)动词;后一个念(chèng 趁),名词,一秤为十斤。 ⑧ 斛(hú 胡):一种口小底大的容器,一斛原为十斗,后为五斗。 ⑨ 胡突:同"糊涂"。 ⑩ 见:同"现"。

【尾声】少我的钱,差发内旋拨还①,欠我的粟,税粮中私准除。只道刘三,谁肯把你揪捽住,白甚么改了姓、更了名,唤做汉高祖!

【翻译】

　　社长挨家挨户去通知:
　　所有差使都无由推辞,
　　这次差使就更加特殊,
　　一边交纳草料,还要去根,
　　一边服行劳役,都须应付。
　　有的说皇帝坐马拉的辕车,
　　有的说皇帝乘带铃的銮舆,
　　今日耀武扬威返故居。
　　王乡老稳稳地捧着献菜的瓦台盘,
　　赵忙郎紧紧地抱着敬酒的大葫芦,
　　戴着新洗刷过的头巾,
　　穿着刚浆洗好的绸服,
　　俨然是装模作样的大户。

---

　　① 差发:出官差。拨还:调拨扣还。凡被征官差者,无钱人须亲自去当差,有钱人可出钱雇人代替。

瞎王留带领一伙不三不四的男女，
胡乱折腾又吹笛来又擂鼓。
忽见大队人马浩浩荡荡来到庄门前，
当头几面大旗嚯嚯啦啦迎风飘舞：
一面旗白环里套个煞白雪兔，
一面旗红圈中有只三脚金乌，
一面旗公鸡学跳舞，
一面旗狗背长双翅，
一面旗金蛇缠葫芦。

红漆涂赤了钢叉，
白银锃亮了板斧，
甜瓜苦瓜都用黄金镀。
明晃晃的马鞭在朝天的枪尖上挑，
白雪似的鹅毛在高举的扇面上铺。
这几个阴阳怪气的人物，
拿着些不曾见过的器具，
穿着些稀奇古怪的衣服。

车辕子上都驾着马，
脖套圈上看不见驴，
车上打的黄罗盖，

伞柄奇巧天生曲。

车前走着八个威严的判官,

车后跟着一群递送东西的差夫。

还有几个妖艳多姿的美女,

梳同样的发式,穿一样的衣服。

那个大汉下了车,

大家向他行礼欢呼,

那大汉视而不见,

假装威严目中无物。

众老乡曲腿弓腰纳头便拜,

那大汉挪动身子假意相扶。

猛然间我抬头仔细看,

看多时我终将他认出,

几乎气炸了我的胸脯。

你自己必定姓刘,

你老婆必定姓吕,

我可以把你俩家根底从头数。

你本人做过亭长贪吃几杯酒,

你丈人读过几本书教过村学,

你还在我们庄东头住过,

曾给我喂过牛、切过草，
也为我拉过耙、扶过锄。

你春天采过我的桑叶，
你冬天借过我的稻谷，
平日零支碎取的米麦没法数。
换田契时，你强秤了我麻整三秤，
还酒账时，你偷量了我豆好几斛。
这还有什么糊涂之处：
明明白白都写上了历年的账簿，
现存着你写了字据的文书。

少我的银钱，
在摊派我劳役时立即抵补；
欠我的谷物，
在征收我粮税中一定扣除。
你只管承认自己是刘三，
谁会老是把你死死揪住！
为何平白无故地改名换姓，
叫做什么"汉高祖"！

周 文 质

周文质(？—1334)，字仲彬，祖籍建德(今浙江建德)，后定居杭州。与元代戏曲家钟嗣成相交二十余年。是一位善绘画、能歌舞、懂音律、多才多艺的文人。著杂剧4种，仅残存1种。散曲存小令43首，套数5篇。

小　令

[正宫·叨叨令]①

悲　秋

悲秋,是常见的主题,历代文人吟咏不绝。周文质这首小令《悲秋》,以奇特的艺术语言,独具一格。全篇用双声叠字词状物,用象声口语词传声,不仅增强了顺畅和谐的韵律美,而且洋溢着质朴纯真的乡土味。作者着力描绘、渲染秋风秋雨的各种声音,借以烘托出思恋者夜深不寐的孤寂心情。

叮叮当当铁马儿乞留玎琅闹②,啾啾唧唧促织儿依柔依然叫③。滴滴点点细雨儿淅零淅留哨④,潇潇洒洒梧叶儿失流疏刺落。睡不著也末哥⑤,睡不著也末哥,孤孤零零单枕上迷飏模登靠⑥。

---

①[叨叨令]:属[正宫]曲调,句式为七七七七、五五七,共七句五韵,两个五字句可不用韵,但句尾一定要用"也末哥",这是[叨叨令]的定格。　②铁马儿:挂在屋檐下的风铃,又名檐马,玉马。　③促织儿:蟋蟀,俗名蛐蛐儿。　④哨:应为"潲"(shào 绍),雨随风斜着落下。　⑤著:同"着"。也末哥:元曲中常见的衬词,无意义,此处重复一遍,是[叨叨令]定格。　⑥迷飏(biāo 标)模登:迷糊困乏,若有所失之状。

【翻译】

　　叮叮当当,屋檐下风铃乞留玎琅地闹,

　　啾啾唧唧,墙角里蟋蟀侬柔侬然地叫,

　　滴滴点点,绵绵细雨淅零淅留随风潲,

　　潇潇洒洒,片片梧桐叶失流疏剌四处飘。

　　睡不着啊睡不着!

　　孤孤零零,翻来覆去迷迷糊糊枕上靠。

乔 吉

乔吉(约 1280—1345),一名吉甫,字梦符,亦作孟符,号笙鹤翁,又号惺惺道人。山西太原人,流寓杭州。一生穷愁潦倒,流落江湖 40 年,以诗酒自娱,自称"江湖醉仙"。是元代著名散曲家,与张可久齐名。作杂剧 11 种,仅存《两世姻缘》等 3 种,其散曲集,先后辑有《惺惺道人乐府》、《文湖洲集词》、《乔梦符小令》3 种,今存小令 210 首,套数 11 篇。

小 令

[中吕·红绣鞋]

书 所 见

乔吉

这首《书所见》写的是文人眼光中的酒楼歌女,前三句描绘歌女的姿容情态,后三句表现歌女音容笑貌在作者思想感情上引起的波澜。充满钟爱迷恋之情,而无轻薄玩弄之意。作者观察细致,体验入微,表现传神。语言洒落清丽,描写精到风趣,情韵深长隽永。

　　脸儿嫩难藏酒晕①,扇儿薄不隔歌尘,佯整金钗暗窥人②。凉风醒醉眼,明月破诗魂③,料今宵怎睡稳?

【翻译】

　　脸皮儿嫩,藏不住满脸的醉云,
　　扇面儿薄,挡不住动人的歌声,
　　玉手假意理金钗,
　　美目悄悄偷看人。
　　凉风习习,吹醒我朦胧的醉眼,

---

　　① 酒晕:因饮酒而脸呈红色。　② 金钗:妇女金属发饰。
③ 诗魂:作诗的灵感。

明月皎皎，惊破我吟咏的诗魂。
眼看今宵更已深，
怎能入睡得安稳？

[中吕·山坡羊]

寓　兴

这首小令题为《寓兴》，是假借其他事物来寄托自己的兴致并表明自己的意向。作者以严峻的眼光和冷静的态度观察社会，把封建时代人生旅途的险恶和人情世态的冷漠，作了极其形象的描绘。并娴熟自如地运用历史典故，为那些贪得无厌的势利眼画像，毕肖传神，饱含着强烈的讽刺，抒发了愤世嫉俗的思想感情。

　　鹏抟九万①，腰缠十万，扬州鹤背骑来惯②。事间关③，景阑珊④，黄金不富英雄汉，一片世情天地间。白，

---

①鹏抟(tuán团)：大鹏振翅合力，乘风高飞。语出庄子《逍遥游》。后多用以比喻人的奋力上进，抱负远大。此处借用以讽喻贪婪者的青云直上。　②"腰缠十万"二句：语出南朝梁《殷芸小说》，说的是几人各言其志，有的想当官，有的想发财，有的想成仙，有一人却说"腰缠十万贯，骑鹤上扬州"，意为三者都要。比喻贪婪者的妄想。　③间(jiàn见)关：形容道路崎岖艰险。　④阑珊：衰落、残败。

也是眼;青,也是眼①。

【翻译】

> 扶摇直上九万里,
>
> 妄想鹏飞成神仙。
>
> 腰缠十万骑仙鹤,
>
> 扬州府里做高官。
>
> 谁知世道多艰险,
>
> 眼前景况已衰残。
>
> 贪心难足壑难填,
>
> 黄金不富"英雄汉"②。
>
> 世态炎凉人情薄,
>
> 顷刻之间脸色变。
>
> 白眼斜视无所谓,
>
> 青眼含情亦等闲。

---

① 最后两句中,白,指白眼;青,指青眼。语出《晋书·阮籍传》,阮籍用白眼斜视自己所厌恶和轻蔑的人,用黑眼正看自己所喜欢和尊敬的人。是阮籍对当时门阀制度与"礼俗之士"的轻蔑。此处借用表示作者对世间的各种势利嘴脸,都洞若观火,有看破世情之意。 ② 原句是说贪婪者永远富贵不了,"英雄汉"是对钻营取巧的贪婪者的讽刺,故加引号。

[双调·蟾宫曲]

荆 溪 即 事

　　这首小令表面像是荆溪记游,实际则为借景抒怀。作者意在通过荆溪两岸的荒凉,揭露元末社会的衰败。篇中没有采用记游曲常用的从写景入手的写法,而是别具匠心,另辟蹊径。起首句设问,一下抓住了读者的注意;四、五、六句写景,不仅使人们看到了荆溪地区眼前的荒凉,更引人思索造成这一游览胜地荒芜至此的原因,加深了作品的内涵。紧接着七、八两句,既是对现实进一步的具体刻画,又是由此生发开来对元代整个社会缩影的概括描绘,也是对曲首问题的形象答复。语言简约,比喻逼肖,寓意深刻,是全曲的重点。全曲对元代地方官吏进行了冷峻的讽刺。

　　问荆溪溪上人家①,为甚人家,不种梅花?老树支

---

　　① 荆溪:水名,在今江苏宜兴南,因靠近荆南山得名,上承永阳江,下注太湖,是古代游览胜地。原两岸广种梅花,自元军南下后,无人再种。

门,荒蒲绕岸,苦竹圈笆①。寺无僧狐狸样瓦②,官无事乌鼠当衙。白水黄沙,倚遍阑干,数尽啼鸦。

【翻译】

请问荆溪两岸人家,

为什么都不种梅花?

看那里——

　　荒凉溪岸建茅屋,

　　衰黄蒲草绕岸爬;

　　老树枯枝撑院门,

　　苦竹枝条围篱笆。

　　庙里无念经的和尚,

　　狐狸随意抛砖摔瓦;

　　衙门里没有理事的官员,

　　老鼠大胆升堂坐衙。

我只好——

　　遥望白粼粼的溪水,

　　俯瞰黄漠漠的荒沙;

---

① 苦竹:一种生长于长江流域的竹子,竹笋味苦,不能食用,故名。竹杆粗长,是制作竹器、造纸的好材料。　② 样(様):"漾"的借用,漾为动荡、摇动之义,引申为抛掷、摔弄的意思。狐狸和下句的乌鼠,暗指胡作非为的地方官吏。

倚遍曲曲折折的阑干

数尽喊喊喳喳的寒鸦。

[双调·清江引]①

即　景

这首小令,写暮春景色,表现伤春、惜春的心情。作者抓住对眼前景物一时片刻的感受,随意写来,情意绸缪,有荡人心魄之力;情辞婉约,无着意雕凿之痕,又给人以联想的余地。全曲风格,近似宋词。

垂杨翠丝千万缕②,惹住闲情绪。和泪送春归,倩水将愁去③。是溪边落红昨夜雨④。

【翻译】

绿柳垂丝千万缕,

无端惹起人愁绪。

和着泪珠送春归,

---

① [清江引]:属[双调]宫曲调,又名[江水儿],常与[雁儿落]连用作带过曲,曲调轻疏明快。句式为七五、五五、七,共五句四韵,第三句可不用韵,三、四句宜对。　② 垂杨:俗称垂杨柳,即垂柳,小枝细长下垂,春季开花,飘白色丝状长毛。　③ 倩(qiàn欠):请,央求。　④ 落红:即落花。

央求流水带愁去。

流水闲愁何处来?

溪边落花昨夜雨。

套　数

[南吕·梁州第七]①

射　雁

这篇套数题为《射雁》,雁和射雁人是指什么?思想意义何在?尽可见仁见智,无须作牵强附会的解释。值得特别注意的是其写作技巧:写秋景,高低远近,尽收眼底,显得意境开阔,气势疏朗,红蓝白绿,斑驳纷呈,令人眼花缭乱,为之陶醉。叙射雁,过程完整,层次清楚。详写人物的动作,细致入微,准确传神;略写雁的形态,绘影绘形,生动传情。全曲浓墨重彩,着力铺饰,写景、状物、叙事、抒情,都有机结合,融为一体,可以称得上是曲中写景的佳作,曲中叙事的精品。

---

① [南吕·梁州第七]:在元曲中较少见,实际上它就是[南吕·一枝花](见前关汉卿《不伏老》),只不过把[梁州第七]和[一枝花]这两支曲子的先后次序对换一下而已,其他不变。[梁州第七]句式为七七七、四四、四四、七七、七七七、二二、七七、七四,共十八句十三韵。

鱼尾红残霞隐隐,鸭头绿秋水涓涓,芙蓉灿烂摇波面①。见沉浮鸥伴,来往鱼船,平沙衰草,古木苍烟。江乡景堪爱堪怜,有丹青巧笔难传②。揉蓝靛绿水溪头③,铺腻粉白蘋岸边,抹胭脂红叶林前。将笠檐儿慢卷。迎头,仰面,偷睛儿觑见碧天外雁行现。写破祥云一片笺,头直上慢慢盘旋。

【一枝花】忙拈鹊画弓④,急取雕翎箭⑤,端直了燕尾铍⑥,搭上虎筋弦⑦。秋月弓圆,箭发如飞电。觑高低无侧偏,正中宾鸿⑧,落在蒹葭不见⑨。

【尾】转过紫荆坡、白草冢、黄芦堰,惊起些红脚鸭、金头鹅、锦背鸳,吓得这鸂鶒儿连忙向败荷里串⑩。血模糊翅扇,扑刺刺可怜,十二枝梢翎向地皮

---

① 芙蓉:此处指荷花。 ② 丹青:丹沙和青雘(huò获),古代绘画的两种主要颜色,后用指绘画或画家。 ③ 蓝靛(diàn电):一种深蓝色的颜料。 ④ 鹊画弓:绘有喜鹊图形的弓,形容弓的精致。 ⑤ 雕翎箭:形似雕毛的箭翅,雕为猛禽,用以形容箭的威力。 ⑥ 燕尾铍(pī披):像燕尾一样尖的箭头。铍,又叫铁镞箭,用以形容箭头的锋利。 ⑦ 虎筋弦:用虎筋做的弦。用以形容弓弦的坚韧。 ⑧ 宾鸿:见前贯云石《代人作》注②。 ⑨ 蒹葭(jiān jiā兼加):芦苇,一种生长在河岸、沼泽等浅水中的禾本科植物。 ⑩ 鸂鶒(xī chì希赤):一种大于鸳鸯的水鸟,羽毛多紫色,俗称紫鸳鸯。

上剪①。

【翻译】

　　　　晚霞鱼尾样红,隐隐飘荡,
　　　　秋水鸭头般绿,静静流淌,
　　　　荷花鲜艳夺目,在水面微微摇晃。
　　　　看!成群鸥鸟,竞相沉浮,
　　　　　　结队鱼船,往来繁忙。
　　　　野岸平沙衰草净,
　　　　苍天古木暮霭香。
　　　　啊!水乡景色,多么可爱!
　　　　　　江村情致,令人神往!
　　　　纵有画家的奇妙彩笔,
　　　　也难描绘这绚丽风光。
　　　　溪头绿水如揉碎的深蓝靛,
　　　　岸边白蘋似铺撒的白细粉,
　　　　林前红叶像涂抹的胭脂霜。
　　　　我将笠帽边檐轻轻卷上,
　　　　抬起头偷偷向远处张望:
　　　　那碧蓝的天空外出现雁一群,

---

① 梢翎:尾翅上的主羽。

在吉祥的云彩上写出字一行，
在头顶上慢慢盘旋飞翔。

我连忙拿出精致的鹊画弓，
　急急取出厉害的雕翎箭；
　端直锋利的燕尾铍，
　搭上坚韧的虎筋弦。
弓弦拉满如秋月，
发箭神速似闪电。
瞄高射高，瞄低射低，
不偏不倚，正中鸿雁。
鸿雁着箭掉下来，
落在苇丛看不见。

我转过紫荆铺满的山坡，
　爬过白草蔓延的土垄，
　跨过芦苇丛生的堤堰。
我惊起了藏头栖息的红脚鸭，
　赶走了体态笨拙的金头鹅，
　驱散了形影不离的锦背鸳。
　直吓得这些㶉𪆟鸟儿
　急忙向残荷败叶里窜。

血肉模糊的雁儿扇动双翼，
扑剌剌垂死挣扎实在可怜，
那尾翅上十二根坚硬的翎毛，
像利刀不停地向地皮上乱剪。

苏 彦 文

苏彦文,生卒年不详,金华(今浙江金华)人。做过江西行省掾,后入中书省,为官廉洁,心性平和宽容,崇尚议论。《录鬼簿》说他写过一些"极佳"的散曲,今仅存套数1篇。

套 数

[越调·斗鹌鹑]①

冬 景

苏彦文的作品大多失传,散曲仅留下这篇题为《冬景》的套曲。它写一个穷苦的书生在冬日寒夜中,受风雪侵扰的感受,反映了处于饥寒交迫中的元代下层知识分子的实际生活情况,结尾写四九盼春,也代表了挣扎在严冬风雪中的广大民众对春日温暖的企求与渴望。作者把景物描写和心情刻画结合得恰到好处:写景物,通过人物的感受来详尽描绘、着力铺饰;叙心情,借助景物的形态来尽情抒写,着意生发。特别是作者采用了一种"文而不文,俗而不俗"的语言,即文学语言与民间口语融为一体,因而构成了这篇散曲既浑厚质朴又不失活泼的特殊风格。

地冷天寒,阴风乱刮。岁久冬深,严霜遍撒。夜永

---

① [斗鹌鹑]:属[越调]宫曲调,在套数中作首曲,中间多用[紫花儿序]、[小桃红]、[秃厮儿]、[圣药王]等曲调。[斗鹌鹑]句式为四四、四四、四四、三三、四四,共十句五韵,逢双句用韵。

更长,寒浸卧榻。梦不成,愁转加。杳杳冥冥①,潇潇洒洒。

【紫花儿序】早是我衣服破碎②,铺盖单薄,冻的我手脚酸麻,冷弯做一块,听鼓打三挝③。天那,几时捱的鸡儿叫更儿尽点儿煞④。晓钟打罢,巴到天明,划地波查⑤。

【秃厮儿】这天晴不得一时半霎,寒凛冽走石飞沙,阴云黯淡闭日华。布四野,满长空、天涯。

【圣药王】脚又滑,手又麻,乱纷纷瑞雪舞梨花。情绪杂,囊箧乏⑥。若老天全不可怜咱,冷钦钦怎行踏⑦!

---

① 杳杳(yǎo咬)冥冥(míng明):昏暗幽深,这里用来形容雪夜情状,也表示人物心态。 ② 早是:早就是,早已是。 ③ 挝(zhuā抓):敲打。打三挝,即打三下,挝在此处作量词用。 ④ 捱(ái癌)的:熬到。更儿尽点儿煞:古代用铜壶滴漏计时,一夜分为五更,一更又分为五点,每次击点或敲梆击鼓报时。煞(shā杀),收束,结尾。 ⑤ 划(chàn颤)地:平白,无端。波查:苦难,折磨。 ⑥ 囊箧(qiè窃):口袋和小箱,此处指钱物。 ⑦ 冻钦钦:冻得发抖。行踏:走动,行走。

【紫花儿序】这雪袁安难卧①,蒙正回窑②,买臣还家③。退之不爱④,浩然休夸⑤。真佳,江上渔翁罢了钓槎,便休题晚来堪画。休强呵映雪读书⑥,且免了这扫雪烹茶⑦。

① 袁安:东汉汝南汝阳(今河南商水西部)人。据《后汉书·袁安传》李贤注引《汝南先贤传》称:袁安住在洛阳,一次天下大雪,积地丈余,洛阳县令出来巡视,见各家都出来扫雪,独袁安家大雪挡道,无人清扫,令人除雪入户,见袁安僵卧家中不起,问他"何以不出"?答曰:"大雪人皆饿,不宜干人。"县令赞其贤明,荐举他为孝廉。 ② 蒙正:吕蒙正,北宋河南洛阳人,据《宋史·吕蒙正传》称:蒙正少时家贫,住在洛阳城南的破瓦窑中,常在雪天去寺庙领取斋饭。 ③ 买臣:朱买臣,西汉吴县(今江苏)人。据《汉书·朱买臣传》称:买臣少时家贫,好读书,不治产业,终年靠卖柴为生,总是一面挑柴一面读书。 ④ 退之:唐代大文学家韩愈字退之。晚年上书《论佛骨表》,反对迎佛骨,触犯了唐宪宗,由刑部侍郎贬为潮州刺史,在他离京师(今陕西西安)赴潮州(今广东东部)途中到达蓝田县时,他的侄孙韩湘赶来与之同行,韩愈悲愤交加,写了一首《左迁至蓝关示侄孙湘》诗,其中有"云横秦岭家何在?雪拥蓝关马不前"之句,故曰退之不爱雪。 ⑤ 浩然:唐代诗人孟浩然。据明代程羽文《诗本事》称:孟浩然爱在雪天骑驴去灞桥赏梅,并说他的诗思来自灞桥风雪中的驴背上。 ⑥ 映雪读书:据《艺文类聚·天部下·雪》称:晋朝孙康,家贫好学,夜无油灯,常映着雪光读书。 ⑦ 扫雪烹茶:据北宋陶谷《清异录》称:陶谷买得党太尉家姬,一次过定陶遇雪,命取雪水烹团茶,并对姬说"党太尉家应不识此"。

苏彦文

【尾声】最怕的是檐前头倒把冰锥挂,喜端午愁逢腊八。巧手匠雪狮儿一千般成,我盼的是泥牛四九里打①。

【翻译】

　　天寒地冻,冷风漫天刮,
　　岁末冬深,严霜遍地撒。
　　冬夜无尽更声幽,
　　寒气袭人浸卧榻。
　　饥寒交迫梦难成,
　　辗转反侧愁相加。
　　夜,阴阴沉沉,昏暗幽深,
　　雪,纷纷扬扬,凄冷萧杀。

　　我早就——
　　　身上衣服破,
　　　床上铺盖薄。

---

　　① 泥牛:即春牛。据《东京梦华录》称:古代有"鞭春"的习俗,即在立春前一天打春牛,表示春天来临,农事开始。四九:我国农历把冬至以后的八十一天分为九九,叫"数九",是一年最冷的时候,立春在六九,农谚曰"春打六九头"。泥牛四九里打,即四九天打春牛,是盼望春天早来的意思。

冻得我——
　　手发酸来脚发麻,
　　弯曲一团打哆嗦,
　　听得更鼓打三下。
天哪!
　　怎能熬得鸡儿叫?
　　何时熬到更儿煞?
破晓晨钟刚敲罢,
盼到满天升朝霞,
漫漫寒夜度如年,
平白无端折磨咱!

天气晴爽,没有一时半霎,
寒风凛冽,卷起走石飞沙。
乌云骤涌,遮住太阳光华,
天幕黯淡,笼罩四海天涯。

走路脚打滑,
做事手发麻,
大雪纷纷扬不尽,
满天飘舞似梨花。
情绪纷乱烦杂,

家中钱物匮乏,

老天全不可怜咱,

冻得我浑身发抖,

叫我如何走出家?

这雪下得真大,

  东汉那袁安,再也不能安稳卧,

  北宋吕蒙正,只好回到窑中过,

  西汉朱买臣,卖柴赶紧往家转,

  文豪韩退之,面对大雪也不乐,

  诗人孟浩然,不再夸它诗意多。

这雪下得真"好"①——

  请看江上钓鱼翁,

  收了钓杆停木伐。

  休要说晚来风景美如画,

  切莫提强借雪光夜读书,

  请免了迎风扫雪烹团茶。

我最怕,

---

① 原文"真佳",似是赞词,实为反语,主人公寒冷难耐,无心赏雪赞雪,是反其意而用之,故译文在好字上加双引号。

屋檐冰锥倒悬挂。
喜的是，
　　艳阳和煦过端午；
愁的是，
　　数九寒天逢腊八。
巧手儿，
　　雪狮塑得千般好，
我盼望，
　　四九就把春迎到。

苏彦文

刘 时 中

刘时中,古洪(今江西南昌)人,生平不详。其散曲作品仅存套数《上高监司》两篇和《代马诉冤》一篇,从这三篇作品反映的内容看,他当属元代后期散曲作家;从这三篇作品的行文语气看,他像是一个未入仕途的落魄文人。后人常把他和元代另一散曲家刘致(字时中,号逋斋)相混,刘致为石州宁乡(今山西平阳)人,其时代略早于刘时中,曾做过翰林待制、浙江行省都事等官,其散曲的思想倾向、艺术风格都与刘时中迥然不同,当不会是同一人。

套 数

[正宫·端正好]①

上 高 监 司

刘时中

题为《上高监司》,上,是上书,呈上的意思,表明这是向上级陈述意见的呈文。监司,古代一种监察州县的官。元代的廉访使也掌管监察之职,亦称监司。高监司,是指当时任江西道廉访使的高纳麟。据《元史·高纳麟》载:元天历二年(1329)江西大旱,高纳麟由杭州路总管,改任江西道廉访使,他到任后开仓济民,除奸去蠹,深负民望。套数《上高监司》所述与《元史》所载高纳麟事迹吻合。该曲当作于高纳麟任江西道廉访史时,是刘时中写给高纳麟的呈文。

套数《上高监司》有前后两篇,此为前篇。它具体生动地描绘了灾区人民的悲惨境遇,淋漓尽致地揭露了富户奸商的罪恶行径,尖锐深刻地展示了元代社会的阶级矛盾,具有较大的社会认识意义。作者对高监司一再歌

---

① [端正好]:属[正宫]曲调,亦可入[仙吕]宫。套数以[端正好]为首曲,下接[滚绣球]、[倘秀才]两曲,根据内容需要可反复使用,然后接[叨叨令]、[伴读书]等曲,最后以[尾声]作结。[端正好]句式为三三七、七五,共五句四韵,第一句可不用韵。

功颂德,将人民的美好希望全部寄托在"爱民如子"的清官身上,虽有思想局限,但也是历史的真实。封建时代一个平民百姓向父母官进言,都得奉承溢美,百倍小心,这是封建呈文的通用手法。后篇未选,是揭露货币和库藏制度弊端的,并提出了改革整顿的建议。

值得一提的是,刘时中这篇套数,内容上一改元代曲坛盛行风花雪月、离愁别怨的普遍风习,大胆揭露现实黑暗,无情针砭时弊,触及了重大的社会问题,因而扩大了散曲的表现范围;形式上,作者把轻松活泼的唱曲变为严肃端正的陈诉,使不能登大雅之堂的散曲成为给官府衙门的呈文,扩大了散曲的社会作用。

众生灵遭磨障,正值着时岁饥荒。谢恩光拯济皆无恙,编做本词儿唱。

【滚绣球】去年时正插秧,天反常,那里取若时雨降①?旱魃生四野灾伤②。谷不登,麦不长,因此万民失望。一日日物价高涨,十分料钞加三倒③,一斗粗粮折四量,煞是凄凉!

---

① 若时:这时,及时,若同"偌"。 ② 旱魃(bá 拔):传说中造成旱灾的妖怪。 ③ 料钞:元初纸币,以丝料价格为票值标准,故称。

【倘秀才】殷实户欺心不良,停塌户瞒天不当①,吞象心肠歹伎俩。谷中添秕屑,米内插粗糠,怎指望他儿孙久长。

【滚绣球】甑生尘老弱饥②,米如珠少壮荒。有金银那里每典当③?尽枵腹高卧斜阳④。剥榆树餐,挑野菜尝,吃黄不老胜如熊掌⑤,蕨根粉以代糇粮⑥。鹅肠苦菜连根煮,荻笋芦蕌带叶哐⑦,则留下杞柳株樟。

【倘秀才】或是捶麻柘稠调豆浆⑧,或是煮麦麸稀和细粮,他每早合掌擎拳谢上苍。一个个黄如经纸⑨,一个个瘦似豺狼,填街卧巷。

【滚绣球】偷宰了些阔角牛,盗斫了些大叶桑。遭时疫无棺活葬,贱卖了些家业田庄。嫡亲儿共女,等

---

①停塌户:假装倒闭实为囤积粮食的商户。 ②甑(zèng赠):做饭用的一种瓦器。 ③那里每:那里,何处。每,语助词。 ④枵腹(xiāo fù 消负):空腹,指饥饿者。 ⑤黄不老:一种可食植物的俗名。疑是黄榆,亦称春榆,木可培养香菇,叶可作饲料。有人认为是黄檗,又称黄柏,非也,黄檗,树皮入药,性寒味苦,泻火解毒,治病则可,充饥不行。 ⑥糇粮:就是干粮。 ⑦哐(zhuāng 庄):吃,吞食。 ⑧麻柘(zhè 这):麻和柘树,麻籽可榨油,柘果可食。 ⑨经纸:经卷的黄表纸,古代佛教经文都是写在黄纸上。

闲参与商①。痛分离是何等情况！乳哺儿没人要撇入长江。那里取厨中剩饭杯中酒,看了些河里孩儿岸上娘,不由我不哽咽悲伤。

【倘秀才】私牙子船湾外港②,行过河中宵月朗。则发迹了些无徒米麦行,牙钱加倍解③,卖面处两般装,昏钞早先除了四两④。

【滚绣球】江乡相⑤,有义仓,积年系税户掌。借贷数补答得十分停当,都侵用过将官府行唐⑥。那近日劝粜到江乡,按户口给月粮,富户都用钱买放,无实惠尽是虚桩。充饥画饼诚堪笑,印信凭由却是谎,快活了些社长知房⑦。

【伴读书】磨灭尽诸豪壮,断送了些闲浮浪。抱子携男扶筇仗⑧,尪羸伛偻如虾样⑨,一丝好气沿途创,阁泪汪汪。

【货郎儿】见饿莩成行街上⑩,乞丐拦门抢斗,便财主

---

① 参(shēn 身)与商:参星与商星。一西一东,此出彼没,互不相见,比喻分离。　② 私牙子:私商,私贩,走私商人。　③ 牙钱:付给牙商(中间经纪人)的佣金。　④ 昏钞:陈旧钞票。　⑤ 江乡相:水乡那边。相,同"厢"。　⑥ 行唐:搪塞,怠慢。　⑦ 社长:见前睢景臣《高祖还乡》P128 注①。知房:地方官府中掌管钱粮账目的吏员。　⑧ 筇(qióng 穷)仗:竹杖。　⑨ 尪羸(wāng léi 汪雷)伛偻(yǔ lǚ 宇旅):尪,突胸畸形;羸,瘦弱;伛偻,驼背。　⑩ 饿莩(piǎo 瞟):同"饿殍",饿死的人。

每也怀金鹄立待其亡。感谢这监司主张,似汲黯开仓①。披星戴月热中肠,济与粜亲临发放。见孤霜疾病无皈向②,差医煮粥分厢巷,更把赃输钱、分例米,多般儿区处的最优长③。众饥民共仰,似枯木逢春,萌芽再长。

【叨叨令】有钱的贩米谷、置田庄、添生放④,无钱的少过活、分骨肉、无承望;有钱的纳宠妾、买人口、偏兴旺,无钱的受饥馁、填沟壑、遭灾障。小民好苦也么哥!小民好苦也么哥!便秋收鬻妻卖子家私丧。

【三煞】这相爱民忧国无偏党,发政施仁有激昂。恤老怜贫,视民如子,起死回生,扶弱摧强。万万人感恩知德,刻骨铭心,恨不得展草垂缰⑤。覆盆之下⑥,同受太阳光。

---

① 汲黯:西汉时清官,汉武帝派他视察河内(今河南黄河以北)地区大火灾情,他沿途观察发现,火灾不足虑,唯水旱灾严重,出现父子相食的惨状,于是未经呈奏皇上,擅自打开官仓赈济饥民。 ② 皈(guī 规):同"归",佛教语。皈向,依靠。 ③ 赃输钱:受贿的赃款。分例米:私分按规定发给灾民的米。 ④ 生放:放债。南宋洪迈《容斋随笔·五笔》:"今人出本以规利,谓之放债,又名生放。" ⑤ 展草垂缰:见前姚守中《牛诉冤》P89 注②。 ⑥ 覆盆:盆子翻扣过来,阳光照射不到,泛指黑暗、灾难。

【二煞】天生社稷真卿相,才称朝廷作栋梁。这相公主见宏深,秉心仁恕,治政公平,莅事慈祥,可与萧曹比并①,伊傅齐肩②,周召班行③。紫泥宣诏④,花衬马蹄忙。

【一煞】愿得早居玉笋朝班上⑤,伫看金瓯姓字香。入阙朝京,攀龙附凤,和鼎调羹,论道兴邦。受用取貂蝉济楚⑥,衮绣峥嵘⑦,珂珮丁当。普天下万民乐业,都知是前任绣衣郎⑧。

【尾声】相门出相前人奖,官上加官后代昌,活被生灵恩不忘,粒我烝民德怎偿⑨。父老儿童细较量,

① 萧曹:萧何、曹参,两人都是汉代的开国功臣,辅助刘邦治理天下。 ② 伊傅:伊尹、傅说(yuè月),都是殷代的名相,辅助商汤灭夏桀。 ③ 周召:周公旦、召公奭(shì是),都是周初的名臣,辅助武王伐纣灭商。 ④ 紫泥宣诏:古代皇帝诏书用紫泥封好,泥上盖印,故皇帝诏书称紫泥诏,亦简称紫泥。 ⑤ 玉笋:此处指玉笏(hù互),大官上朝时所执的玉制手板,比喻做官。朝班:大臣上朝时排列的队伍。 ⑥ 貂蝉:汉代武官所戴帽子皆插貂尾、附蝉为饰。济楚:同"齐楚",整齐漂亮。 ⑦ 衮(gǔn滚)绣:绣有龙蟒的衮衣,古代君王大官们的礼服。 ⑧ 绣衣郎:汉武帝时派往地方监察民情、处理政务的大臣,着绣衣,叫直指使者,亦称绣衣直指。直指者,谓办事公正不阿,绣衣郎即指这种办事公正的监察官,此处借喻高监司。 ⑨ 粒我烝(zhēng争)民:使我们老百姓有饭吃。粒,粮食,此处作动词。烝民,民众,老百姓。

樵叟渔夫曾论讲。共说东湖柳岸旁,那里清幽更舒畅。靠着云卿苏围场①,与徐孺子流芳挹清况②。盖一座祠堂人供养,立一统碑碣字数行,将德政因由都载上,使万万代官民见时节想。

【翻译】

众乡民遇魔遭殃,
正赶上灾年饥荒。
感谢你施救济恩德无量,
饥民们个个都安然无恙。
特地编写这曲儿,
衷心地把你歌唱。

去年此时正插秧,
天气突然不正常。
哪里能取来及时雨?
旱魔造成了遍野荒!

---

① 云卿苏:即苏云卿,宋代隐士,南宋绍兴年间隐居豫章(今江西南昌)东湖,种菜织屦自给。 ② 徐孺子:东汉高士徐稺,字孺子,家贫躬耕而食,待人恭俭义让,终生不做官,人称南州高士。挹(yì益):舀,汲取。清况:清幽景况。

谷子不熟，麦苗不长，
千家万户，人人失望。
物价天天往上涨，
　换钱，十分料钞加三成，
　买米，一斗粗粮扣四升，
这景况实在凄凉！

资财万贯的巨户，
　昧心干事，品行不良；
囤积居奇的奸商，
　瞒天捣鬼，行为不当。
贪心不足蛇吞象，
害人太甚毒伎俩。
谷中混空皮，
米里掺粗糠。
专干损人缺德事，
怎望儿孙能久长。

蒸饭罐积满尘，
　老人病者饥断肠；
粗稻米贵如珠，
　儿童青壮饿得慌。

即便有金有银,
何处能去典当?
人人都是空肚皮,
无事躺着晒太阳。
剥榆树皮啃,
挖野菜来尝,
吃黄榆赛过熊掌,
用蕨根粉代替干粮。
鹅肠苦菜连根煮着吃,
荻芽芦茎带叶往肚里装。
只剩下杞柳樟树,
不能吃也不能尝。

或是捶碎柘果去调稠豆浆,
或是水煮麦麸去和稀细粮。
饥民们只要有一点点吃的,
早就合掌作揖谢上苍。
一个个脸黄得像抄经纸,
一个个身瘦得似饿豺狼,
横躺竖卧在大街小巷。

为活命,偷宰了许多大角牛,

图生存,盗伐了不少阔叶桑。
偏又遇上流行病,
死了暴尸无棺葬。
忍着痛贱卖了家业田庄,
狠下心离妻别子走他乡。
不得已亲生骨肉强拆散,
没奈何西参东商各一方,
哺乳儿无人要被抛入长江。
何处去取厨中的剩饭和杯中的残羹?
满眼尽是河里的死婴和岸上的爹娘。
这景象越来越教人撕肝裂肺,
这境况不由得使人哽咽悲伤!

贩私船,白天停泊在外港,
暗活动,夜静更深借月光。
无赖们依靠不义发横财,
办起了一些米麦商行。
拉线搭桥,佣金加倍给,
买卖过秤,表里不一样。
若用旧钞买粮食,
十两银票扣四两。

乡村里设有救灾的义仓,
历年都由纳税富户执掌。
借贷账目巧编排,
亏空漏洞补停当。
管仓人都侵吞义仓粮,
鬼花样把官府全遮挡。
近日官府派员到村庄,
劝导平价卖粮开义仓,
挨家挨户依人发月粮,
富户用钱暗中都买上。
按户发粮无实惠,
开仓济赈是虚幌。
画饼充饥太可笑,
官印文书都是谎。
只肥了那管村民的社长,
只乐了这掌义仓的知房。

饥饿断送了许多勇武精壮的栋梁,
灾荒消灭了不少游手好闲的流氓。
不少人抱子牵儿、扶肩搭背拄竹杖,
那模样瘦弱不堪,弯腰驼背如虾样。
剩下一口气,沿途胡乱闯,

举目望前途,两眼泪汪汪。

饿死的人一排排躺在街上,
乞讨的人互相间拦门争抢。
就是财主身怀金银也买不到粮,
只能像天鹅引颈而立等待死亡。
感谢你这位监司的好主张,
像汲黯赈灾济民及时开仓。
不辞劳苦,披星戴月,似火热心肠,
救济灾民,平价粜粮,都亲临发放;
见孤儿寡妇、老弱病妪都无依无靠,
就派医治疗、煮粥分汤送全城各巷;
还把贪官接受的赃款和私吞的公粮,
按各种情况区分清楚处理得当。
众饥民消灾免害衷心敬仰,
似枯木喜逢春雨萌芽再长。

有钱的贩米谷、置田庄、增加放债生息账,
无钱的没活路、舍骨肉、最终还是无指望;
有钱的纳宠妾、买人口、偏偏发达兴旺,
无钱的受饥寒、填沟壑、一生尽是灾障。
小民百姓好苦啊!小民百姓好苦啊!

秋收以后还要卖掉妻儿,倾尽家当。

这相公爱百姓、忧国家、办事不偏不向,
这相公布德政、施仁义、对民情感激昂。
你恤老怜贫、视民如子,
你起死回生、扶弱摧强。
万千民众感恩知德长相忆,
千秋百代刻骨铭心永不忘。
恨不得变成效忠主人的犬马,
为报监司舍身展草临涧垂缰。
因为身处黑暗中的人们,
都享受到你温暖的阳光。

你是辅佐君王的天生宰相,
你是担当大任的朝廷栋梁。
你深谋远虑,心地善良,
你治政公正,临事慈祥。
可与萧何、曹参媲美,
能同伊尹、傅说齐名,
就和周公、召公一样。
皇帝向你下紫诏,
春风得意进京都,

踏花归去马蹄忙。

衷心祝你早执玉笏,列队朝班,
我们盼望国家富强,人民安康。
你进京入官,辅佐君王,
鼎力协力,论道兴邦。
你加官晋爵、冠插貂蝉,
龙凤朝服真华贵,玉饰佩带响叮当。
天下万民安居乐业,
都知是你这绣衣郎。

你这相门还必出相材,先辈提携嘉奖,
你这官家更会有大官,后代繁盛荣昌。
你给百姓以活路,恩情永世不能忘,
你给饥民以饭吃,恩德怎样来报偿?
父老儿童仔细琢磨又商量,
樵夫渔父热烈讨论还宣讲。
都说豫章东湖柳岸旁,
那里环境清幽又舒畅。
靠着苏云卿开的苗圃菜场,
像那徐孺子一样揽胜流芳。
盖一座祠庙让大家供养,

建一块石碑刻文字数行，
将德政缘由从头至尾件件全写上，
让千秋万代官吏百姓看了都不忘。

阿 鲁 威

阿鲁威,生卒年不详,字叔重,号东泉,蒙古族人。曾居杭州,元代至治、泰定(1324—1328)年间,做过泉州路总管、南剑太守等官。与著名文人虞集、张雨等人交往,并互有唱和之作。散曲仅存小令19首。

小 令

[双调·蟾宫曲]

旅 况

《旅况》记远行人在去长安途中的困苦,抒发对亲朋故友的离情别绪。七、八两句是全曲的重点。豪门贵族无端倾轧,朝廷当局却误英雄,这不仅是对自己仕途失意的哀怨,也是对当时朝政的不满。全曲不仅注意对旅途景况的描述,更着重对征人情感的表达。曲调委婉缠绵,感情忧伤浓重。

理征衣鞍马匆匆,又在关山,鹧鸪声中①。三叠阳关②,一杯鲁酒③,逆旅新丰④。看五陵无树起风⑤,笑长安却误英雄。云树濛濛,春水东流,有似愁浓。

【翻译】

整好衣衫,旅途匆匆征人不下鞍,
扬鞭催马,继续奔驰在险隘关山。

---

① 鹧鸪(zhè gū 浙姑):一种形似母鸡、头如鹌鹑的鸟,叫声像"行不得也哥哥"。 ② 三叠阳关:唐代诗人王维《渭城曲》(即《送元二使安西》)诗中有"劝君更进一杯酒,西出阳关无故人"之句,该诗谱曲后名《阳关三叠》,是流传很广的送别歌曲。 ③ 鲁酒:味薄的酒。语出《庄子·胠箧》"鲁酒薄而邯郸围"。 ④ 逆旅:客舍,旅馆。新丰:地名,在今陕西临潼东。语出《新唐书·马周传》,马周未发迹时旅宿新丰,曾遭店主冷遇。 ⑤ 五陵:指西汉五个皇帝的陵墓,即长陵(高帝)、安陵(惠帝)、阳陵(景帝)、茂陵(武帝)、平陵(昭帝),都在长安附近。汉代每建一陵墓,都把富豪和贵戚迁至陵墓附近居住,故五陵也指贵族聚居之地。

鹧鸪声声叫,
报道行路难。
骨肉亲朋离别久,
一曲三叠唱阳关;
浊酒一杯味儿薄,
羁留新丰受饥寒。
看豪门权贵无端掀波澜,
算朝廷贻误多少英雄汉。
云树迷濛,正如我满脸愁云,
春水东流,恰似我满腹忧患。

薛　昂　夫

薛昂夫,生卒年不详,名超吾,字九皋,维吾尔族人,汉姓马,亦称马昂夫,曾任三衢路达鲁花赤,晚年辞官隐居杭州附近。善篆书,能诗词,与虞集、萨都剌互相唱和,有《薛昂夫诗集》,散曲存小令65首,套数3篇。

小　令

[正宫·塞鸿秋]

"功名万里忙如燕"

这首[塞鸿秋]原作无题,从内容看是一篇愤世之作。元代社会文人地位低下,加之民族压迫,求取功名更加不易。尽管如此,热衷于功名者仍大有人在,有的还为之奔波一生。作者揭露这种人嘴里天天喊辞官,而行动始终不兑现的虚伪,表达了他对追求功名富贵者的鄙薄和对元代社会知识分子状况的不满。

功名万里忙如燕,斯文一脉微如线①,光阴寸隙流如电,风霜两鬓白如练。尽道便休官,林下何曾见?至今寂寞彭泽县②。

【翻译】

　　求功名,万里穿梭忙如燕,
　　文人命,卑下衰弱微如线。
　　人生一世光阴短,
　　白驹过隙快如电;
　　世间风霜不饶人,
　　两鬓熬得白如练。
　　都说立即就辞官,
　　林下隐居何曾见?
　　且看真正归去的陶渊明,

---

① 斯文:古代指礼乐制度,后也指文人。　② 彭泽县:彭泽县令,即陶渊明。陶隐居前曾为彭泽县令。

至今寂寞又孤零。

[双调·楚天遥过清江引]①

"花开人正欢"

带过曲[楚天遥过清江引]，原作共三首，无题。这里选译第一首，以首句为题。曲中字字是春景，句句写春愁。作者感叹青春盛年不再来，日暮离愁永无尽，抒发了惜春、伤春的情意。内容上虽无新意，艺术上却有独创。作者熔铸前人词意，借用宋词名句，活脱自如，有如己出，如："一江春水流"是李煜"恰似一江春水向东流"(《虞美人》)句的妙用；"谁道是杨花？点点离人泪"，是苏轼"不是杨花，点点是离人泪"(《水龙吟·次韵章质夫杨花词》)句的巧借；"更那堪晚来风又急"，则是从李清照"怎敌他晚来风急"句中化出的，如此等等，比比皆是。同时作者也吸收了民歌中语言流畅、节奏明快、感情绵长等特点，读起来既具诗词的韵律，又有民歌的风味。

---

① [楚天遥过清江引]：属[双调]宫的带过曲，由[楚天遥]与[清江引]两支曲子组成。[楚天遥]句式为五言八句四韵，一、三、五、七句可不用韵，与词调[生查子]相同。[清江引](见前乔吉《即景》注)基本上是五、七言句。因此，由这两支曲子组成的带过曲，诗词韵味较浓。

花开人正欢,花落春如醉。春醉有时醒,人老欢难会。一江春水流,万点杨花坠。谁道是杨花?点点离人泪。　　回首有情风万里,渺渺天无际。愁共海潮来,潮去愁难退,更那堪晚来风又急。

【翻译】

春花开时人正欢,
春花凋谢人欲醉。
春景醉人有醒时,
人老欢情难再会。
一江春水向东流,
万点杨花纷纷坠。
谁说坠落是杨花?
点点滴滴离人泪!

回首有情万里风,
无边天空人难会。
春愁伴着海潮来,
海潮退了愁难退。
最怕晚来风雨狂,
扰得愁人心更碎。

赵 善 庆

　　赵善庆,生卒年不详,字文宝,饶州乐平(今江西乐平)人。善卜术,任过阴阳学正。著杂剧8种,都不传。散曲存小令29首。

小 令

[中吕·山坡羊]

燕 子

　　这首小令,借燕子的去来,说人间的寒热,叹世事的兴衰。文笔流畅舒展,比喻切贴新巧,寓意深刻,令人遐想。

来时春社①,去时秋社,年年来去搬寒热。语喃喃,忙劫劫②,春风堂上寻王谢③,巷陌乌衣夕照斜。兴,多见些;亡,都尽说。

【翻译】

燕子来时,正值祭土神的春社,
燕子去时,恰逢庆丰收的秋节。
年年来来去去,
替人搬寒送热。
檐下细语喃喃,
空中奋飞不迭。
春风堂上不剩王与谢,
乌衣巷中只见夕阳斜!
世事盛衰见得多,
国家兴亡尽评说。

---

① 春社:古代在立春后第五个戊日设社祭祀土神,祈求丰收的活动。下句秋社,立秋后第五个戊日再设社,庆祝丰收,酬谢土神。 ② 忙劫劫:急急忙忙状。 ③ 王谢:东晋贵族王、谢两家住在南京乌衣巷,显赫一时,后王谢并提,作为高门望族的代称。语出唐代刘禹锡《乌衣巷》诗。

[双调·落梅风]

江楼晚眺

这首小令,写秋日黄昏,凭栏远眺,由凄凉景象而勾起无限情思,是平常的主题,常见的写法。唯将晴空比作亮纸,雁行化为愁字,可谓别出心裁,不仅形象生动,而且蕴意丰富。

枫枯叶,柳瘦丝,夕阳闲画栏十二。望晴空莹然如片纸,一行雁一行愁字。

【翻译】

枫叶已黄枯,
柳条瘦如丝,
夕阳无力已西垂,
雕花栏杆十二柱,
凭栏留人步。
抬眼望晴空,
晶莹清朗如笺纸。
一行行雁飞来,
一行行皆愁字。

马谦斋

马谦斋,生平不详,约与张可久同时。从他本人及张可久的曲作中,可知他曾在大都(今北京)等处做过官,是一个经历过官场风波的文人,后寓居杭州。散曲存小令17首。

小 令

[双调·沉醉东风]

自 悟

《自悟》原作共两首,此为第二首。是作者亲身经历了官场的险恶之后,对元代社会的深刻揭露。作者情绪激愤,笔锋犀利,精确地刻画出了为争名夺利而互相残杀的群丑形象，真实地描绘了狼虎为虐、是非不分的社会现实，真是一针见血，入木三分。

取富贵青蝇竞血，进功名白蚁争穴。虎狼丛甚日休，是非海何时彻？人我场慢争优劣，免使傍人做话说，咫尺韶华去也①。

【翻译】

为得富贵，
像苍蝇一样争着吮血，
为求功名，
如蚂蚁一般拼命争穴。
倾轧不休的官场，
狼争虎斗何时停歇？
是非颠倒的尘世，
无尽纠纷哪天了结？
人际关系难处，
何必争胜败优劣。
不如与世无争，

---

① 咫（zhǐ 纸）尺：比喻极近，短暂。古代八寸为咫。韶华：指美好的年华。

免得旁人七嘴八舌。

人生一世韶光短，

转眼之间春花谢。

[双调·水仙子]①

咏　竹

题为《咏竹》，却摆脱了一般咏物之作的俗套，不从竹的外表形态写起，而是另辟蹊径，先写竹的精神气质，再写竹与诗人画家的关系，最后写竹在不同季节的风采神韵。全曲集中笔墨写竹的高风亮节和清雅坚贞，实际上是竭尽全力在吟颂人的高洁品德，表明了作者的思想情趣，也可以说是作者性格的自我表述。

贞姿不受雪霜侵，直节亭亭易见心，渭川风雨清吟

---

① [水仙子]：属[双调]宫曲调，又名[湘妃怨]、[凌波仙]、[冯夷曲]，句式为七七七、五六、三三四，共八句七韵，第六句不用韵。首三句一般作鼎足对，末三句可根据需要变动，有作五五四、六六四、七七四的，也有作七七七鼎足对的。

枕①。花开时有凤寻②,文湖州是个知音③。春日临风醉,秋宵对月吟,舞闲阶碎影筛金。

【翻译】

  风姿飒爽,品格坚贞,

    不怕雪压霜侵;

  高风亮节,直立亭亭,

    见形犹如见心。

  渭河风雨洗污尘,

  醒闻竹声增吟兴。

  平常年月蜂蝶远,

  开花时节凤凰寻。

  文太守,是知音,

  爱竹画竹享盛名。

---

  ① 渭川:即渭河,黄河支流,横贯陕西中部,盛产竹,后以"渭川千亩"来形容竹之繁茂。吟枕:即在枕上吟咏。与"吟榻"同,相传宋诗人陈师道每登临得句,便即刻回家卧榻蒙头,反复吟哦,谓之吟榻。 ②"花开"句:竹子很少开花,更不结籽,但相传凤凰"非梧桐不止,非练(竹)实不食"(《庄子·秋水》),"凤乃止帝东国,集帝梧桐,食帝竹实,没身不去"。(《韩诗外传》)此处借用,比喻竹的气节高尚。 ③ 文湖州:北宋画家文同,字与可,以善画墨竹著名,曾任湖州太守,故称文湖州。

春日临风，

翩翩起舞飘若醉；

秋夜对月，

沙沙细语独自吟。

摇曳多姿信步闲阶上，

枝叶婆娑播撒万点金。

张 可 久

张可久(约1270—1348),字小山,庆元(今浙江宁波市鄞州区)人。生卒年代不确,大致在关汉卿、马致远后,与卢挚、贯云石同时。他在会稽、三衢等地做过地方小官,由于不得志,便纵情声色,浪迹江湖,游遍江南各省,晚年隐居杭州西湖。他是元代专写散曲的作家,有《小山乐府》等集。现存小令855首,套数9篇,为现存全元散曲的五分之一,是元代散曲作品最多的作家。其作品大多是描绘自然景色和抒发个人情怀的,艺术上注重吸收诗词的养分,风格清丽典雅又不失自然和谐,为后来的散曲作家所崇尚。

小 令

[双调·蟾宫曲]

九 日

《九日》,农历九月九日,是重阳节。作者借重九登高远望,引发倦客思家的情怀;写深秋时候景物,表达暮年愁绪的深沉。全曲饱含重阳悲秋、地隔天涯的惆怅情绪,给人以日暮黄昏、华年不再的无限哀叹。作品中所描绘的时令景色与所表达的感情基调融和协调,互相映衬,创造了一种和谐感人的意境。语言清丽洗练,对仗工整妥帖。

对青山强整乌纱①,归雁横秋,倦客思家。翠袖殷勤②,金杯错落,玉手琵琶。人老去西风白发,蝶愁来明日黄花。回首天涯,一抹斜阳,数点寒鸦。

【翻译】

面对青山迎秋风,
　　强打精神整乌纱。

---

① 乌纱:即乌纱帽,本为贵官专用,后逐渐流行于民间,贵贱皆可戴。　② 翠袖:女子的代称。

望着北雁南归急,
　　横空一列天边挂。
久居异乡生厌倦,
　　叫人如何不想家。
艳装美女意殷勤:
　　连连斟酒满金杯,
　　纤纤玉指弄琵琶。
人已老,转眼西风吹白发,
蝶也愁,明日无情落黄花。
不堪回首,望断天涯,
一抹斜阳,数点寒鸦。

[越调·小桃红]

离　情

　　这首小令,以一个女子的口吻,写她在秋天里对离人的思念。开始从秋雨秋花写起,接着写她的愁容愁态,最后又借秋风来写她的秋愁秋恨。以秋景写离情,情景融为一体,短短几句,层次清楚,感情不断加深。

　　几场秋雨老黄花,不管离人怕。一曲哀弦泪双下,放琵琶,挑灯羞看围屏画①。声悲玉马②,愁新罗帕,恨不到天涯。

【翻译】

　　几场秋雨潇潇下,
　　满园纷纷谢菊花。
　　风狂雨骤太无情,
　　怎管恋人心害怕。
　　哀弦一曲向雨弹,
　　无言泪水滚滚下。
　　放下琵琶拨亮灯,
　　伤心怕看屏风画。
　　夜静风铃声更悲,
　　愁痕别泪湿罗帕。
　　无限离情无限恨,
　　不能随伊到天涯。

---

　　① 围屏:屏风,可以环绕屏障、遮蔽。　② 玉马:悬于屋檐角下的风铃,相传隋炀帝时用薄玉制成,后以铁制成,又名铁马。

[中吕·红绣鞋]

天台瀑布寺

　　此曲写浙江天台北部天台山中的瀑布寺的风光盛景。作者抓住瀑布寺山水的特点，前五句用浓墨重彩，写尽其悬崖绝顶的种种奇观险境：剑峰陡拔、瀑布悬崖、树立云尖、风吼阴洞，以及野猿哀鸣、杜鹃啼血等等，读后使人如临其境，不愧写景高手。但作者意不在此，最后一句笔锋陡转，别出新意，以山的险峻不如人心的险恶来针砭世情、揭露社会，出语奇巧，结得有力。全曲气势刚健峻拔，意境雄浑开阔，类比自然，发人深思。在作者大量的写景抒怀之作中，别具一格。

　　绝顶峰攒雪剑①，悬崖水挂冰帘。倚树哀猿弄云尖，血华啼杜宇②，阴洞吼飞廉③。比人心山未险。

【翻译】

　　顶峰积白雪，有如冲天剑，

---

① 攒（cuán 窜阳平）：聚积，攒集。　② 杜宇：杜鹃鸟，传说古代蜀国国王望帝，名杜宇，死后化为杜鹃鸟，故杜鹃又称杜宇。又说杜鹃啼叫吐血而化为杜鹃花。　③ 飞廉：即蜚廉，传说中的风神。

悬崖倾瀑布，疑是挂冰帘。
哀猿攀树啸，其声绕云尖，
杜鹃啼出血，红花遍山间。
洞穴幽深冷，风吼更森严，
人心险且恶，山峻不觉险。

[中吕·卖花声]①

怀　古

《怀古》原作共二首，此为第二首。这种怀古之作，作者不仅写得有历史深度，而且具有现实意义。前三句选取了三个具有典型意义的历史事件和历史人物，写了历史上统治者内部征战与外族入侵，对国家造成的破坏和给人民带来的痛苦。由此而引起作者的无限感叹，"伤心秦汉，生民涂炭"集中表现了作者忧国忧民的思想，是全曲的主旨。最后一句，倾注了作者的全部感情，这"一声长叹"，既是对受苦百姓的同情，也是对灾难现实的不满，更是对"读书人"无能为力的自责。

---

① [卖花声]：属[中吕]宫曲调，又名[升平乐]、[秋云冷]，句式为七七七、四四、七，共六句六韵，首三句多作鼎足对。

美人自刎乌江岸①,战火曾烧赤壁山②,将军空老玉门关③。伤心秦汉,生民涂炭④。读书人一声长叹。

【翻译】

项羽虞姬自刎于乌江岸,

孙权刘备联军火烧赤壁山,

将军班超徒然老死玉门关。

可叹!干戈不息的秦汉,

可哀!平民百姓遭涂炭。

读书人无可奈何,

只有那一声长叹!

---

① 美人:指项羽爱妾虞姬。乌江:在安徽和县境内。刎(wěn吻):割颈自杀。据《史记·项羽本纪》载,秦末,楚汉相争,项羽被汉军围在垓下,四面楚歌,虞姬自刎。项羽突围后,逃至乌江边亦自刎。 ② 赤壁山:在湖北蒲圻乌林对岸,山石高耸,上刻"赤壁"二字,东汉建安十三年,孙权与刘备合兵火烧赤壁,大败曹操于此。 ③ 将军:指东汉名将班超,曾任西域都护,抵御匈奴、镇守西域三十一年,年老思归,曾上书曰"臣不敢望到酒泉郡,但愿生入玉门关"。玉门关,故址在甘肃敦煌西北。 ④ 涂炭:烂泥和炭火,常用以比喻极端困苦的境遇。

[越调·凭阑人]

江 夜

题为《江夜》,句句突出"江",无论是写景写情,也无论是写人写声,都未离开这个"江"字。作者大笔挥洒,只随意点染出江水、明月、玉筝,就勾勒出一幅阴沉、空冷而又幽深的画面;不写明弹者为何人何曲,只从侧面烘托出筝声的哀伤凄凉。全曲意境深沉凝重,令人寻味;风格清丽典雅,近似唐人绝句。全曲只四句二十四字,爽朗上口,便于记忆,故不作翻译。

江水澄澄江月明①,江上何人挡玉筝②?隔江和泪听,满江长叹声!

套 数

[南吕·一枝花]

湖 上 归

这篇套数,写作者携美人夜游西湖的种种情景,是

---

① 澄澄(chéng 诚):清亮透明。 ② 挡(chōu 抽):用手指弹拨乐器。

封建文人诗酒风流生活的真实写照。作品虽无多大的思想价值,但艺术技巧却有独到之处。全曲状物写景,缘景抒情,环境的优美诱人和人物的尽兴忘情,都写得淋漓尽致,恰到好处。作者一面融化前人名句,一面自铸新词,笔圆墨润,一点不着痕迹;调音协律,俊语有如串珠。集中地体现了作者清丽典雅的艺术风格,是其套数中的代表作,也是元代散曲中的名篇。

长天落彩霞,远水涵秋镜。花如人面红,山似佛头青。生色围屏,翠冷松云径,嫣然眉黛横①。但携将旖旎浓香②,何必赋横斜瘦影③。

【梁州】挽玉手留连锦英,据胡床指点银瓶④。素娥不嫁伤孤另⑤。想当年小小⑥,问何处卿卿⑦?东坡

---

① 嫣(yān 烟)然:美好。眉黛:古代女子用黛画眉,故称眉为眉黛。 ② 旖旎(yǐ nǐ 以你):本意是形容旌旗的轻盈柔顺,引申为娇柔美貌,此处是指体态婀娜娇柔的美人。 ③ 横斜瘦影:指梅花。宋代林逋,一生不仕未娶,隐居西湖孤山,和梅花仙鹤为伴,其著名《梅花》诗,有"疏影横斜水清浅,暗香浮动月黄昏"句。 ④ 胡床:一种由胡地传入可折叠的轻便坐具,亦称交床、交椅。银瓶:酒瓶。 ⑤ 素娥:即月中嫦娥,因月色洁白,故称素娥。 ⑥ 小小:即苏小小,六朝南齐时钱塘(今杭州)名妓。 ⑦ 卿卿:男女间的昵称。

才调,西子娉婷①,总相宜千古留名。吾二人此地私行,六一泉亭上诗成②,三五夜花前月明,十四弦指下风生③。可憎④,有情,捧红牙合和伊州令⑤。万籁寂,四山静,幽咽泉流水下声,鹤怨猿惊。

【尾】岩阿禅窟鸣金磬⑥,波底龙宫漾水晶。夜气清,酒力醒,宝篆销⑦,玉漏鸣。笑归来仿佛二更,煞强似踏雪寻梅灞桥冷⑧。

【翻译】

辽阔的天空,飘落下绚丽的晚霞,

无边的湖水,像总摄秋景的明镜。

---

① 西子:即西施,语出苏东坡《饮湖上初晴雨后》诗"欲把西湖比西子"句。娉婷(pīng tíng乒亭):形容女子姿态美好。 ② 六一泉:在杭州西湖孤山下。北宋欧阳修,自号六一居士,曾与西湖僧人惠勤交好,东坡做杭州太守时,将孤山下惠勤讲堂后的泉水命名为六一泉,并在泉边修亭,以资纪念。 ③ 十四弦:古代一种弦乐器,声音低沉。 ④ 可憎:这是反语,即可爱。 ⑤ 红牙:即拍板,亦称牙板,多用红檀木做成。合和:伴唱。伊州令:词牌名。 ⑥ 岩阿:山崖险峻处。禅窟:佛寺。金磬(qìng庆):佛寺中的铜制打击法器,多为钵形。 ⑦ 宝篆:指盘香弯曲形如篆字。 ⑧ 踏雪寻梅:据《北梦琐言》称,唐代诗人孟浩然爱雪中赏花,常在雪天骑驴去灞桥赏梅吟诗,并说他的诗思在灞桥风雪中的驴背上。

鲜花像人的面庞一样绯红,
群山似和尚的光头一样深青。
四周景物,多姿多彩如画屏,
参天松柏,翠绿荫凉辅小径,
清幽美好,恰似美女黛眉横。
只管带婀娜多姿香气袭人的美女游玩,
何必学林逋隐居吟咏梅花的暗香疏影。

挽着美人洁白的手臂,流连鲜花丛中,
靠着胡地传入的交椅,不断举杯劝饮。
月中嫦娥不嫁人,忧伤孤寂怪可怜,
想起当年苏小小,今日何处觅知音?
苏东坡,才华横溢骋豪情,
西子湖,浓妆淡抹总相称,
众口颂,千秋万代传美名。
今日我们在此处,暗中幽会并肩行,
来到六一泉边亭,心中诗作已吟成。
农历十五更深夜,花前圆月分外明,
十四弦声铮铮响,指下阵阵清风生。
可怜爱,有深情,
手执牙板一起演唱[伊州令]。
万种声音均停息,四周山林都安静,

唯有乐声好像泉水低沉缓缓流,
招惹得鹤怨猿惊。

山崖寺庙,传出了金钟铜磬的清音,
清澈湖水,漾起了亭台楼阁的倒影。
夜雾消,酒力退,人渐醒,
盘香烧尽,玉漏声声。
尽兴归来,大约在二更,
胜过孟浩然灞桥踏雪寻梅冷。

任 昱

任昱(yù玉),生卒年不详,字则明,四明(今浙江宁波)人。大约与张可久、曹明善同时。少年生活浪漫,晚岁立志读书。长于七言诗和小令。他有不少小曲,为歌妓们所传唱。现存散曲有小令59首,套数1篇。

小 令

[双调·清江引]

钱塘怀古

《钱塘怀古》,写春秋时期钱塘地区,吴越两国互相杀伐、结怨为仇的历史教训,作者吊古伤今,借以抒发国家盛衰、千古兴亡的感慨。并运用拟人和比喻手法，赋予江流山雨以人世沧桑的丰富感情，表现了对历史的沉思，写得十分动人，末句巧借沙鸥嘲笑世人，以无情反衬有情，给人以无限的遐想，更显其艺术表现手法的高超。

吴山越山山下水①，总是凄凉意。江流今古愁，山雨兴亡泪，沙鸥笑人闲未得。

【翻译】

  吴山青，越山秀，
  山下水悠悠，
  充满凄凉与忧愁。
  古往今来忧与愁，
  犹如江水日夜流；
  江山易主兴亡泪，
  恰似山雨洒荒丘。
  水边沙鸥自在乐，
  嘲笑世人忙不休。

---

① 吴山越山：春秋时，吴越两国分别在钱塘江北南两岸，两国的山隔江相望。

徐 再 思

徐再思，生卒年不详（约与贯云石、张可久同时），字德可，号甜斋，浙江嘉兴人，曾做过嘉兴路吏。生性聪颖，擅长乐府（指散曲），与贯云石（号酸斋）齐名，二人的散曲作品世称"酸甜乐府"；但他们的风格有所不同，徐以清丽秀逸见长，贯以豪宕爽朗取胜。徐是元代后期著名曲作家，今存小令103首。

小 令

[中吕·普天乐]

远 村 归 帆

《远村归帆》是其组曲《吴江八景》之一，原作共八首，分别咏吴江地区的八景。此为第五首，写远村夕阳时分，大片征帆速归的壮丽景象。作者从远处着眼，大处落笔，写的是大景远景，用形象比喻和侧面点染的手法，写出群帆竞归的动态，突出了一个"快"字，气势迅猛，意境开阔。作品构思巧妙，取景新奇，有别于一般描写山水的词曲。

远村西，夕阳外，倒悬一片，瀑布飞来。万里程，三州界①，走羽流星迎风快②，把湖光山色分开。飞鲸涌绿，樯乌点墨，江鸟逾白。

【翻译】

夕阳西下时，
村西远水外，

---

① 三州界：苏州、常州、湖州的管界，泛指吴江一带的地方。 ② 羽：此处指箭羽。

倒挂白帆一大片,

疑是瀑布飞下来。

走过了万里路,

穿越了三州界,

像飞驰的箭矢流星般快,

把湖中的景色骤然分开。

飞鲸似的帆船,掀起碧绿波涛,

桅杆上的乌鸦,宛如点点黑墨,

江面上的水鸟,显得更加洁白。

[双调·沉醉东风]

春　情

　　这首小令写少女的春恋,把一个热恋中的女子见到久别情人时欣喜激动、羞涩难奈的心情,以及她以歌代呼的特殊传情方式,刻画得活灵活现,惟妙惟肖。全曲笔调清新朴素,明快爽朗,富于民间情趣,近似民间小调。在元人小令中,亦属少见之佳作。

　　一自多才间阔①,几时盼得成合②?今日个猛见他,

---

①　多才:钟情男女对情人的爱称。间阔:远离久别。
②　成合:指男女婚配。

门前过,待唤着怕人瞧科①。我这里高唱当时水调歌②,要识得声音是我。

【翻译】

  自从与才郎久离远隔,
  就盼望何时能成婚结合。
  今日突然见他从我门前过,
  正要喊他又怕人听见识破。
  于是我高声唱起定情时的歌,
  要知道这唱歌的就是我。

[双调·蟾宫曲]

姑 苏 台

  这是一首咏史之作。作者面对历史的陈迹,发思古之幽情,通过回忆春秋时代吴越两国争霸的史实,揭露战乱给国家造成的破坏和给人民带来的灾难。"三千尺侵云粪土,十万家泣血膏腴",形象地说明了封建统治者建立在广大人民血泪基础上的享乐宫殿

---

  ① 瞧科:科,元杂剧术语,指舞台上的表情动作。此处借用,意为看见。 ② 水调歌:原为古乐府曲,唐代演变为大曲,多在歌头演唱,故又称[水调歌头],宋元时已变成一种广为传唱的民间小调。

不会长久,唯有大自然中的名山胜景,才是风光依旧,长盛不衰的。作者借对历史兴亡的深刻沉思,抒发对世事变迁的无穷感慨,在徐氏众多的散曲作品中,别具一格。

荒台谁唤姑苏①?兵渡西兴②,祸起东吴。切齿仇冤③,捧心钩饵,尝胆谋权。三千尺侵云粪土,十万家泣血膏腴④。日月居诸⑤,台殿丘墟。何似灵岩⑥,山色如初。

【翻译】

宫台已成荒丘,谁还叫它姑苏?

遥想吴越当年,夫差率兵西渡,

突破西兴伐越,灾祸来自东吴。

---

① 姑苏:指姑苏台,在江苏吴县西南姑苏山上,相传为春秋时吴王阖闾所筑,其子夫差在台上建春宵宫。 ② 西兴:地名,在浙江萧山县西北,吴王夫差伐越时曾率兵从此经过。 ③ "切齿"三句:指吴王灭越后,越王勾践卧薪尝胆,立志破吴复仇之事。捧心:指美女西施,因其患心病,常爱以手捂胸。 ④ 膏腴(gāo yú 高鱼):肥沃的土地。此处引申为以血汗浇灌肥沃土地。 ⑤ 日月居诸:语出《诗经·邶风·日月》,意为岁月流逝。居、诸均为语气助词。 ⑥ 灵岩:山名,在江苏吴县西,上有灵岩寺。

勾践切齿强忍恨,立志雪耻报冤仇,
访得西施作钓饵,卧薪尝胆弄权谋。
高入云宵的楼阁,全都化为粪土,
万千人民的血泪,在沃土上白流。
日月如穿梭,光阴似飞舟,
华丽的亭台宫殿,早已变成废丘,
怎比得灵岩盛景,依然秀色如初。

[双调·水仙子]

夜　雨

这首小令抒写游子愁怀凄风苦雨之夜,哀叹自己身世飘零和怀才不遇,进而回忆往事,思念父母,仕途的失意和羁旅的乡愁交织一起,齐上心头,写得十分动人。全曲词情凄惋哀郁,深沉苍凉,起首三句为鼎足对,利用数字的重复,造成一种回旋往复的韵律,将秋风秋雨,秋夜秋思,描写得绘声绘色,传情传神,是脍炙人口的名句。

一声梧叶一声秋,一点芭蕉一点愁,三更归梦三更后。落灯花棋未收①,叹新丰孤馆人留②。枕上十年事③,江南二老忧,都到心头。

【翻译】

  西风吹梧叶,声声哭泣为悲秋;
  秋雨打芭蕉,点点泪珠叫人愁。
  思乡梦难收,情思缭绕三更后。
  看孤身独影,灯花落尽棋未收;
  叹今日马周,飘泊他乡淹留久。
  梦里依稀十年事,江南故土双亲忧;
  思亲盼归和孤独,一齐奔涌到心头。

---

  ① 落灯花:南宋赵师秀《约客》诗:"约客不来过夜半,闲敲棋子落灯花。"写雨夜焦急待客的寂寞情景,此处借以形容雨夜游子寂寞凄凉的心情。 ② 新丰:古地名,在今陕西省西安市临潼区东北。唐人马周未发迹前,不为人所重,曾西游长安,夜宿新丰,遭店主冷遇。此处借指作者飘泊远乡、备受冷落的凄苦。 ③ "枕上"句:暗用唐人沈既济传奇小说《枕中记》中黄粱梦的故事,说明人生如梦和理想的破灭。

孙 周 卿

孙周卿,生平不详,自号无忧,古邠(今陕西邠县)人。是一个经历了仕宦坎坷之后又寄情山水、云游四方的人,散曲存小令23首。

小 令

[双调·蟾宫曲]

山 中 乐

作者在多首小令中,表示了对功名的厌倦和对现实的不满,一再赞赏"山居自乐"。这首《山中乐》,写尽山中隐居生活的淳朴清幽,简直就是一个远离尘世的纯静的神仙境界;但结尾两句,表明作者是身在山中而心在山外的,道出了当时隐居者的内心真情。全曲每句嵌一个"山"字,多侧面地展示了山居生活的美好,给人以清新丰富的感受,而又不觉重复,使作品具有一种独特的形式美,足见作者锤炼字词的功力和艺术表现的高超。

草团标正对山凹①,山竹炊粳②,山水煎茶。山芋山薯,山葱山韭,山果山花。山溜响冰敲月牙③,扫山云惊散林鸦。山色元佳,山景堪夸。山外晴霞,山下人家。

【翻译】

我住的茅棚草屋,
　正面对着山凹。
我砍山上的毛竹烧饭,
　汲山中的泉水煮茶。
我栽山芋山薯,
　种山葱山韭,
我收获山果,
　采摘山花。
我听山涧泉水

---

① 草团标:茅草小屋。　② 粳(jīng 晶):一种颗粒短而粗的稻米。　③ 山溜:两山之间的小股水流,山涧小瀑布。

清冷如冰敲月牙；
我扫山顶落叶
　　惊起满山林鸦。
山上的气候无限好,
　　山上的景色值得夸。
看山外：
　　万里晴空,满天彩霞,
望山下：
　　一片繁忙,无数人家。

顾 德 润

顾德润,生卒年不详,字君泽(一均泽),道号九山(一九仙),淞江(今属上海)人。做过杭州路吏,后迁平江,著《九山乐府》、《诗隐》,散曲存小令8首,套数2篇。

小 令

[南吕·骂玉郎过感皇恩采茶歌]

述 怀

《述怀》是由三支曲子组成的带过曲,先写自己虽生活清贫,但才气过人,是经世治国之材,只恨无缘施展;次写自己有过人的胆识,虽不被重用,沉沦下僚，也刚直不阿，坚忠不变；最后写自己虽无人赏识，壮志难酬，但仍坚持努力，矢志进取。全曲充满着怀才不遇的哀叹和忠心报国的表白，表示了对明珠暗投的愤懑和不懈进取的决心。作者巧用一系列的历史典故，采取平列铺叙的手法，运用简明短捷的句式，使得内容更深刻，感情更激越，节奏更明快，充分表达了作者内心的不平。

蛛丝满甑尘生釜①，浩然气尚吞吴②。并州每恨无亲故③。三匝乌④，千里驹，中原鹿⑤。　　走遍长途，反下乔木⑥。

① 甑（zèng 赠）：瓦制煮器。釜（fǔ 斧）：一种圆底无足锅。　② 吞吴：吞并吴国。春秋时吴越两国作战，先吴国强，灭了越国，后越国经过"十年生聚，十年教训"，终于灭了吴国。　③ 并（bīng 兵）州：古代九州之一，包括今河北、山西一带。这里代表中原地区，暗指朝廷。　④ 三匝（zā 扎）乌：古代神话中为西王母取食的青鸟，作者自比为能替人效力的神鸟，又暗含曹操《短歌行》诗"绕树三匝，何枝可依"之意，比喻找不到归宿。　⑤ 中原鹿：语出《史记·淮阴侯传》："秦失其鹿，天下共逐之，于是高材疾足者先得焉。"作者以鹿自比，意为谁先得到他重用他，谁就能得到天下。　⑥ 乔木：高树，比喻高位。反下乔木，就是指没有得到官职，屈居于下。

若立朝班①,乘骢马,驾高车。常怀卞玉②,敢引辛裾③。羞归去,休取进,任揶揄④! 暗投珠,叹无鱼⑤,十年窗下万言书,欲赋生来惊人语,必须苦下死工夫。

【翻译】

　　家境贫苦,蛛丝满甑尘满釜,
　　雄心犹在,浩然正气能吞吴,
　　建功立业,常恨朝廷无亲故。
　　我便成了——
　　　　绕树三匝,无枝可依的鸦鹊乌,
　　　　空有虚名、无人赏识的千里驹,

---

①朝班:大臣早朝的行列,指做官。 ②卞(biàn变)玉:即和氏璧。据《韩非子·和氏》称:春秋时楚人卞和得一玉石,先后献给厉王和武王,皆不识,以欺君之罪先后砍去二足,到文王时卞和抱石哭于荆山之下,文王闻之,派人剖石得玉。作者以卞和自比,表示自己坚忠纯洁的心不变。 ③辛裾(jū居):即辛毗引裾,指辛毗敢于直谏。据《三国志·魏书·辛毗传》称:三国时,魏文帝要把冀州十万士家迁往河南,当时蝗灾饥荒严重,群臣认为不可,但鉴于文帝拉下脸来,都不敢说话,唯辛毗直陈己意,文帝起身要走,辛毗拉住文帝衣袖据理力争,终于使文帝改变了主意。 ④揶揄(yé yú 爷余):嘲笑。 ⑤叹无鱼:借用冯驩弹铗的典故,据《战国策·齐策》称:战国时齐人冯驩为孟尝君门下食客,他弹着剑把唱着"吃饭没有鱼出门没有车"的歌,埋怨孟尝君不重视他。

天下争逐、不知其主的中原鹿。

我长途跋涉、到处奔波,
却屈居于下,攀不上乔木。
我若能进入朝廷做大官,
定会骑白马驾高车,四处忙碌。
我常怀卞和不变心,
　坚忠不屈献玉璞;
我敢学辛毗不怕死,
　据理直谏扯君裾。
我羞于退隐山居,
　不图个人进取,
　不怕别人嘲谑。

我像暗里投明珠,
唱歌弹铗叹无鱼,
可叹十载寒窗苦,
空有满腹万卷书。
欲赋平生惊人句,
还须苦下死工夫。

大 食 惟 寅

大食惟寅,原籍阿拉伯,生平不详。今存小令仅1首。

小 令

[双调·殿前欢]①

奉寄小山先辈

《奉寄小山先辈》是大食惟寅留传下来的唯一一首

---

① [殿前欢]:属[双调]宫曲调,又名[凤将雏]、[燕引雏]、[小凤孩儿],句式为三七七、四五三五、四四,共九句八韵,第八句不用韵。第六句有的增加二字,第二节便成为四五五五,这三个五字句可成鼎足对。最后二句要求对仗。

小令。小山是元代后期著名散曲作家张可久的字,作者称其为"先辈",既表明了自己晚于张可久,又表示了对他的尊敬。这首小令是专为张可久写的,对张作了高度评价和全面赞扬。开头一个"气"字,既是对作家精神风貌的颂扬,也是对其作品情韵风格的赞赏。接着多角度地表现了作家的诗情才气,把张氏在文坛词林中的地位、诗歌书法上的成就,以及他的名声影响,都层次清楚地展现出来,一气呵成,淋漓顺畅,没有一般奉寄赠酬之作的虚套,充满后人追慕先辈英名的真情。作者是阿拉伯人,对元代著名散曲作家研究、理解这么精深,对散曲这种文学式样把握、运用这么娴熟,是极为少见的,不仅说明他对中国文化的造诣之深,而且证明我国人民与阿拉伯人民文化交流与友好往来的历史之久。

气横秋①,心驰八表快神游②。词林谁出先生右③?

---

① 气横秋:语出南朝齐孔德璋《北山移文》:"风情张日,霜气横秋。"原意为雾气充塞秋空。此处借指张可久气势之盛,才气之旺。　② 八表:八方以外,极远的地方,泛指天地之间。　③ 右:古代以右为尊,右即上。

独占鳌头①。诗成神鬼愁②,笔落龙蛇走③,才展山川秀。声传南国④,名播中州⑤。

【翻译】

气宇轩昂,

　　才情盖世溢高秋,

神思飞跃,

　　星云河汉任遨游。

今日文坛,

　　谁人能在先生右?

词林曲海,

　　只有先生占鳌头。

你的诗

　　呼风唤雨,令鬼神悲愁!

你的字

---

① 鳌头:皇帝宫殿前中间石阶上刻有巨鳌,据说中了状元去面见皇帝就站在这地方,故古代称状元及第为"独占鳌头"。 ②"诗成"句:语出杜甫《寄李十二白二十韵》:"笔落惊风雨,诗成泣鬼神。"意为诗歌感动了鬼神。 ③ 龙蛇走:指书法笔势的蜿蜒曲折。李白《草书歌行》有"时时只见龙蛇走"之句。 ④ 南国:指中国的南方。 ⑤ 中州:古豫州,今河南一带,泛指当时中国北方。

蜿蜒飞舞,如龙蛇竞走。
你才华横溢
　　下笔生辉,令山川增秀。
你的名声传播南北,
　　你的影响遍及九洲。

真　真

真真,生卒年不详,建宁(今福建建瓯)人,歌妓。据陶宗仪《辍耕录·玉堂嫁妓》称:她为南宋学者真德秀后代,其父为济宁管库,因侵占公款犯法,只得卖女偿还,她于是沦为歌妓。后在一次酒宴上遇见翰林学士姚燧,姚怜其遭遇并为之脱籍,后来嫁翰林院一小吏王林,终其一生。仅存小令1首。

小　令

[仙吕·解三酲]①

"奴本是明珠擎掌"

这首小令,原无题,今以首句为题。作者以自己的切身经历,诉说了妓女生活的悲苦与哀怨,表达了渴求跳出火坑的强烈愿望,写得声泪俱下,凄婉动人。在元代散曲中,由妓女自己来直接正面描写妓女生活的,实属少见。

奴本是明珠擎掌②,怎生的流落平康③?对人前乔做作娇模样,背地里泪千行。三春南国怜飘荡④,一事东风没主张,添悲怆。那里有珍珠十斛⑤,来赎云娘⑥!

---

① [解三酲]:属[仙吕]宫曲调,句式为七七、七六、七七三、四四,共九句八韵,第八句不用韵。 ② 奴:古代女子的自称。擎(qíng 晴):向上托举。 ③ 平康:唐代长安的里巷名,是妓女聚居的地方。 ④ 三春:农历正月为孟春,二月为仲春,三月为季春,合称三春。 ⑤ 斛(hú 胡):一种方形口小底大的旧量器,十斗为一斛。 ⑥ 云娘:原指唐代澧州官妓崔云娘,后泛指妓女。此处真真以云娘自比,云娘"形貌瘦瘠",也有暗喻自己憔悴之意。

【翻译】

　　我本是，父母捧在手上的明珠，
　　怎料到，流落烟花巷中做妓女。
　　在人前，强颜欢笑献殷勤，
　　背地里，辛酸泪水倾如雨；
　　可怜我，南方暮春风中草，
　　一任它，摆弄摇曳无支柱。
　　无穷的悲伤！
　　苦难的遭遇！
　　何处寻求珍珠一百斗，
　　谁来将我救出火坑去？

景 元 启

景元启,一作杲元启,生平不详。现存小令15首,套数1篇。

小 令

[双调·殿前欢]

梅 花

这首题为《梅花》的小令,在所有咏梅散曲中不落窠臼,独创一格,写得风趣别致。作者没有直接描绘梅花的形、展示梅花绰约多姿的外观,而是隐约呈现梅花的影、烘托梅花的诱人风韵。曲中只写了两个人物对梅花的不同情态:老画家被清晨梅花的风姿深深吸引,以致如醉如痴,难以下笔;而画家的妻子不理解画家进入艺术创作境界中的这种忘情举动,误以为别有钟情,因而恼怒嗔怪。作者把人物的性格写得毕肖传神,充满现实生活的浓厚人情味。虽然这里所表现的只是画家在欣赏自然美时的超脱一切的自我陶醉情绪和他在进行艺术创作时忘乎一切的专注神态,没有更深的社会意义,但由于作者是借助和通过主人公的感情活动来表现事物美的,给读者留下了充分发挥想象的余地,因而巧妙地抓住了读者的探求心理,同时也调动了读者的审美兴趣,读来引人入胜,情趣盎然。

月如牙,早庭前疏影印窗纱。逃禅老笔应难画①,别样清佳。据胡床再看咱②,山妻骂③:"为甚情牵挂?"大都来梅花是我④,我是梅花。

【翻译】

曙色刚朦胧,天边月如牙,

---

① 逃禅:逃避世事,信奉佛教。禅为佛教用语,指以静坐默念苦炼修行的佛法。逃禅老笔,指主人公自己。 ② 胡床:一种有靠背的坐椅,又叫交椅,可以折叠,由胡地传入,故名。 ③ 山妻:对妻子的谦称。 ④ 大都来:几乎,大概,差不多之意。

庭前婆娑树,疏影映窗纱。
遁世老丹青,画笔无从下,
如醉又如痴,皆因景色佳。
妻子坐椅上,转身注视咱,
心中疑窦生,嗔怪把我骂:
"为何发痴呆,内心把谁挂?"
梅花情韵美,物我都融化,
梅花就是我,我就是梅花。

查 德 卿

查德卿,生平不详。现存散曲有小令22首。

小 令

[仙吕·寄生草]①

感 叹

本篇题为《感叹》,作者通过对五个历史人物仕途遭际的描写及其评价,不仅反映了当时仕途的险恶和广大知识分子不得志的境况,更重要的是表示了作者对仕途

---

① [寄生草]:属[仙吕]宫曲调,句式为三三、七七七、七七,共七句五韵,第一、六句不用韵,中间三句要鼎足对。

的彻底否定。最后两句结得果断有力,从遥远的历史回到眼前的现实,更显其批判的锋芒。

　　姜太公贱卖了磻溪岸①,韩元帅命博得拜将坛②。羡傅说守定岩前版③,叹灵辄吃了桑间饭④,劝豫让吐出喉中炭⑤。如今凌烟阁一层一个鬼门关⑥,长安道一步

---

　　① 姜太公:即姜尚,字子牙。其先祖封于吕,又称吕尚。磻(pán 盘)溪:在今陕西宝鸡东南,北流入渭水。相传姜尚年老穷困,隐居渭水,垂钓磻溪,在此遇周文王,后随文王出山,佐武王伐纣灭商有功,封于齐。　② 韩元帅:即韩信,汉初诸侯王,初在汉王军中不得志,思离异,被萧何劝留,又被刘邦破格重用,设坛拜将军,后助刘邦灭项羽建汉朝。刘邦称帝后对他猜忌,后被吕后设计杀害。　③ 傅说(yuè 月):据《史记·殷本纪》称,傅原为傅岩地方一筑墙的奴隶。殷高宗武丁梦中见一圣人名说,后在傅岩找到傅说,任为大臣。岩:即傅岩(一作傅险),在山西平陆。版:古人筑墙用的夹板。　④ 灵辄(zhé 折):战国时晋人。据《左传·宣公二年》称:晋灵公的大夫赵盾打猎首阳山,在桑树下休息时遇见饿坏了的灵辄,以食物救之,后灵辄做了晋灵公的卫士,晋灵公想杀赵盾,派灵辄作伏兵,灵辄为报桑树下一顿饭的救命之恩,倒戈救了赵盾。　⑤ 豫让:战国时晋人,据《史记·刺客列传》称:豫让效忠于智伯,后智伯为赵襄子所灭,豫让浑身涂漆为癞,吞炭为哑,毁容伪装,持匕首前去刺杀襄子,以为智伯报仇,事败伏剑自杀。　⑥ 凌烟阁:唐代长安皇宫中的一座殿阁,唐太宗时曾将二十四位功臣的画像挂在阁中。

一个连云栈①。

【翻译】

  姜太公,轻易离开磻溪岸,
   贱卖自由去做官;
  韩元帅,听从萧何忠刘汉,
   舍命贪登拜将坛。
  羡傅说,先前劳动在傅岩,
   虽为奴隶筑板墙,
   贫苦生活也安闲!
  叹灵辄,受人恩惠以命报,
   桑间吃了赵盾饭。
  劝豫让,别为主子毁容颜,
   赶快吐出喉中炭!
  看如今,要登颂功的凌烟阁,
   难过一层一个鬼门关;
   要进京都仕宦门,
   难迈一步一个连云栈。

---

① 连云栈(zhàn 战):古险道名,在陕西汉中,北自凤县的草凉驿,南至褒城的开山驿,全长四百七十里,又名褒斜栈道,为古代川陕之间的重要通道。也泛指在悬崖峭壁上凿孔架桥逶迤曲折的一切险道。这里比喻仕途艰难。

赵 显 宏

赵显宏,号学村,生平不详。散曲现存小令21首,套数2篇。

小 令

[黄钟·刮地风]

别 思

这首《别思》,写一妇人春日乘兴登楼,面对一派大好春光却勾起了满怀的忧愁。她后悔教丈夫离家外出追求功名,由园林景色依然如旧,进而想到昔日丈夫在家时的"并枕双歌";由孤身只影守空楼,到相思成病,红颜消瘦。作者刻画思妇内心的感情,深沉细腻,曲折有致;描写人物心理的变化,爱悔思愁,层次清楚。作品中着重表现了思妇对高官厚禄的鄙薄和对宝贵青春的珍爱,是有其积极意义的。另外,作者融化前人诗意,借用现成诗句,也显得得心应手,不着痕迹,犹如己出,足见其艺术根基的深厚。

　　春日凝妆上翠楼①,满目离愁,悔教夫婿觅封侯②。蹙损眉头③,园林春到,物华依旧,并枕双歌,几时能够?团圆日是有,相思病怎休?都道我减了风流④。

【翻译】
　　春光明媚春意漾心头,
　　精心打扮登上绿荫楼,
　　满目春色,勾起了满怀离愁,
　　后悔当初,错教丈夫觅封侯。
　　双眉皱,伤心透!
　　看如今,春回大地,
　　　　园外景物还依旧;

----

① 凝妆:盛妆,着意打扮。翠楼:翠绿荫凉中的高楼。 ② 觅封侯:追求官爵。第一句和此句,是借用唐诗人王昌龄七绝诗《闺怨》中的现成句子。 ③ 蹙(cù促):皱起,收缩。 ④ 风流:此处作"风姿"、"容貌"解。

想过去,并枕双歌,
　　旧情重温啥时候?
盼归来,团圆有日,
　　牵肠挂肚思情难收;
苦煎熬,青春虚度,
　　都说我红颜消瘦!

唐 毅 夫

唐毅夫,生平不详,散曲存小令1首,套数1篇。

小 令

[双调·殿前欢]

大 都 西 山

这是作者唯一的一首小令,写元代首都大都(今北京)。西山是指北京西郊的群山,包括香山、灵山、妙峰山、玉泉山、百花山、翠微山等。作者没有直接写山,而是着重写看山;没有具体描绘山的面貌姿态,而是全力写自己翘首远望、倚遍栏干的急切心态。西山在作者的视野中，烟雾缭绕，晚风吹拂，变化多端，其秀美飘逸的风姿、妩媚诱人的情韵，跃然纸上，让人领略不尽。

冷云间，夕阳楼外数峰闲，等闲不许俗人看。两髻烟鬟①，倚西风十二阑②。休长叹，不多时暮霭风吹散③。西山看我，我看西山。

【翻译】

  阴云冷雾间，
  楼外夕阳残，
  峰峦无数态悠闲，
  仿佛不愿世人随便看。
  山峦烟雨更柔情，
  恰似少女头上堆云鬟。
  屹立秋风翘首看，
  倚遍所有栏干。
  休烦恼，莫长叹，
  过会吹来一阵风，

---

① 髻（jì 计）：挽在头顶或盘在脑后的头发。鬟（huán 环）：古代妇女梳成环形的发髻。此处借以形容山峰的秀丽。 ② 十二阑：许多栏干。十二为约数，不是确数。 ③ 暮霭（ǎi 矮）：傍晚的云雾。

定把暮霭全驱散。
西山随意可看我，
我也尽情看西山。

张 鸣 善

张鸣善,生卒年不详,名择,号顽老子,平阳(今山西临汾)人。元至正年间,曾侨居湖南,后流寓扬州,卒于吴江同里镇,曾做过宣慰司令史。著《英华集》和杂剧3种,今俱不存。散曲今存小令13首,套数2篇。

小 令

[双调·水仙子]

讥 时

这首小令对元代社会是非颠倒、贤愚混淆的丑恶现实作了深刻揭露和辛辣讽刺。元蒙统治者把一群凶残暴戾之徒当做名臣贤相加以重用,造成暴虐横行、社会混乱,这是历史事实。作者通过精确的形象描绘,对此进行了大胆揭露,显得真实可信;他借助民间传说来进行比喻,更显生动活泼。开头三句和结尾三句,两组鼎足对句的运用,笔锋犀利有力,语言尖锐泼辣,把作者对黑暗现实的冷嘲热讽表达得痛快淋漓,十分充分!特别是最末三句,是民间俗语与文人雅词的精妙结合,工整朴素,巧譬警策,是元代散曲中久负盛名的警句。

铺眉苫眼早三公①,裸袖揎拳享万钟②,胡言乱语成时用。大纲来都是哄③。说英雄谁是英雄?五眼鸡岐山鸣凤④,两头蛇南阳卧龙⑤,三脚猫渭水非熊⑥。

---

① 铺眉苫(shàn 善)眼:挤眉弄眼,不正派状。三公:泛指大官,历代说法不一,元代以太师、太傅、太保为三公。 ② 裸袖揎(xuān 宣)拳:捋起袖子,挥舞拳头。钟:古代量器单位,一钟为六斛四斗,即六十四斗。 ③ 大纲来:大概、总之。 ④ 岐山鸣凤:语出《国语·周语》,相传有凤凰鸣于岐山,这是周朝兴盛的征兆。岐山,在今陕西岐山县。 ⑤ 南阳卧龙:指诸葛亮,三国时诸葛亮隐居南阳,号卧龙。 ⑥ 渭水非熊:指姜子牙。语出《史记·齐太公世家》,周文王出猎前占卜,卜辞说他所获的"非熊非黑",而是"霸王之辅",后果然在渭水边遇见钓鱼的姜子牙,后称姜太公。

【翻译】

  挤眉弄眼、装模作样的小人，
   早已大权在握，官高位尊；
  捋袖挥拳、横行霸道的恶棍，
   偏享荣华富贵，厚禄优俸；
  胡言乱语、鼓唇弄舌的骗子，
   反倒四处吃香，备受重用。
凡此种种，
  无非是诈骗欺蒙。
说英雄，论英雄，
  今日啥样是英雄？
五眼怪鸡当成吉祥的岐山鸣凤，
两头毒蛇充作治世的南阳卧龙，
三脚狸猫变为辅弼的渭水太公。

杨 朝 英

杨朝英,生卒年不详,号澹(dàn 淡)斋,青城(今山东高青)人。曾与贯云石交游。他编辑了《阳春白雪》、《太平乐府》两种散曲总集,对元代散曲作品的保存和传播起了重要作用。他的散曲存小令 27 首。

小 令

[双调·清江引]

"枫树叶"

这首小令写秋景,一反前人笔下萧瑟悲凉的情态,以红叶为主体,写出了秋色的火红,表达了作者内心的激越感情，给人一种无限美好、充分成熟和热烈向上的心理满足和情感冲动。全曲句句写深秋景色，画面绚丽，意境开阔。

秋深最好是枫树叶，染透猩猩血。风酿楚天秋①，霜浸吴江月②，明日落红多去也。

【翻译】

　　深秋时节，
　　最红最美是枫树叶，
　　片片浸透猩猩血。
　　秋风吹遍南国，
　　酿造了这醉人的秋色；
　　明月映照秋江，
　　好似染上了银白的霜雪。
　　待到明朝秋风起，
　　绵绵秋水送红叶。

----

　　① 楚天：楚地的天空。本指古代楚国的地方，即今湖北、湖南一带，此处借指江南。　② 吴江：吴地的江河。本指江浙一带，与上句楚天对照，亦是泛指江南。

宋 方 壶

宋方壶,生卒年不详,名子正。筑室莺湖,四面开窗,形似方壶,因以为号,华亭(今上海松江区)人。散曲存小令13首,套数5篇。

小 令

[中吕·山坡羊]

道 情

这首小令题为道情,实为明志,作者表明了自己不慕荣华利禄,一心安贫乐道的志气。最后两句像宣言和誓词,节奏急促,语意坚定,活脱脱地表现了一个贫士的骨气。曲词简洁明快,语气通畅传神,很好地表达了思想内容。

青山相待,白云相爱,梦不到紫罗袍共黄金带①。一茅斋,野花开,管甚谁家兴废谁成败?陋巷箪瓢亦乐哉②!贫,气不改;达,志不改。

【翻译】

与青山真诚相待,
与白云彼此相爱。
做梦也不梦做官,
不着紫罗袍,不系黄金带。
茅草屋一间,屋外野花开,
管他谁家兴盛,谁家衰败?
居室虽简陋,饮食也粗淡,
安贫乐道悠哉悠哉!
穷困时,坚毅的骨气不衰,
得意时,高尚的志向不改!

---

① 紫罗袍共黄金带:即紫袍金带,古代官服,四五品以上官员用。 ② 陋巷箪瓢:语出《论语·雍也》。陋巷,简陋的居室。箪(dān丹)瓢,即箪食(sì四)瓢饮。箪,竹制或苇草编的小形食盒;瓢,木制或葫芦制成的舀水器具。

周 德 清

周德清(1277—1365),字日湛,号挺斋,江右(今江西高安)人。北宋词人周邦彦后代,元代音韵学家。所著《中原音韵》一书,为北音韵书的鼻祖,开拓了音韵学的研究领域,对后世影响较大。散曲存小令31首,套数3篇。

小 令

[中吕·满庭芳]①

看岳王传

题为《看岳王传》,是作者读《宋史·岳飞传》后的咏怀之作。南宋民族英雄岳飞因反对宋高宗等人的投降政策,被以"莫须有"的罪名杀害,宋孝宗时其孙岳珂上书为祖伸冤,得以平反昭雪,被追封为鄂王,因此后人常尊称岳飞为岳王。作者满腔热情地赞颂岳飞文武雄才、建国立功的英雄业绩,怒斥南宋统治集团苟安投降、卖国误民和残害忠良的无耻罪行。表现了对民族英雄的沉痛悼念及无限崇敬,这在元朝统治的条件下,是难能可贵的。

披文握武,建中兴庙宇②,载青史图书③。功成却被

---

① [满庭芳]:属[中吕]宫曲调,亦可入[正宫]、[仙吕]宫。句式为四四四、七四、七七、三四五,共十句九韵,第二句不用韵。二、三句和六、七句,一般要对。 ② 庙宇:指宗庙社稷,代表国家、朝廷。 ③ 青史:古代在纸张发明之前,人们用竹简书写记事,书写之前,先用火把青竹片烤干,叫"杀青",后世常称史书为青史。

权臣妒,正落奸谋。闪杀人望旌节中原士夫①,误杀人弃丘陵南渡銮舆②。钱塘路③,愁风怨雨,长是洒西湖。

【翻译】

披阅经书掌握兵术,

文才武略一身具;

中兴事业功累树,

赫赫英名垂青史。

功成引起奸臣妒,

落入圈套遭杀戮。

从此后,苦煞了被弃的中原百姓,

望穿秋水盼王师,

光复愿望终成虚。

误国误民宋王朝,

抛弃国土往南逃,

偏安杭州一小隅。

---

① 闪杀人:意为中原人民因被抛弃而痛苦至极。闪,抛弃。杀,同"煞",很,极度。旌(jīng 京)节:古代使者所持的符节,此处指去收复中原的南宋官员。 ② 误杀人:意为误国误民至极点。銮舆:皇帝所乘车驾,亦代指皇帝。 ③ 钱塘路:岳飞被害于小车桥畔的风波亭,尸体被狱卒偷偷背出埋在钱塘门外九曲丛。

钱塘门外绵绵路,
凭吊队伍今接古,
哀愁怨恨一齐化作风和雨,
常洒在岳王安葬的西子湖。

钟嗣成

钟嗣成(约1279—1360),字继先,号丑斋,原籍大梁(今河南开封)人,寄居杭州。早年曾从江浙儒学邓文原、曹鉴学诗文,屡试不中,闭门著述。著《录鬼簿》一书,记元代曲家事迹,是研究元曲的重要文献。著杂剧7种,均不传。散曲存小令59首,套数1篇。

小 令

[双调·水仙子]

吊乔梦符

乔梦符,即散曲作者乔吉(见前作者介绍)。钟嗣成在《录鬼簿》中,对当时已故"名公才人"又为自己"相知者"十几人,都"为之作传,并以[凌波曲](即[水仙子])吊之"。这首《吊乔梦符》即为其中之一。它简要地追述了死者飘泊无定、怀才不遇的一生,全力倾诉了对死者的深切悼念和无限敬慕的心情。全曲没有宣扬死者的成就,也没有称赞他的品质,而是着重描绘两人的深厚感情,突出地表现了作者对死者的敬仰追慕之情。乔吉虽然死了,作者还要携琴载酒,到处寻找,幻想再能相见,重叙友情。把悼念知己,追思故人的炽热心情,表达得十分真切动人,有别于一般的悼亡之作。

平生湖海少知音,几曲宫商大用心①。百年光景还争甚?空赢得雪鬓侵②。跨仙禽路绕云深③,欲挂坟前

---

① 宫商:古代五音中的两种主要音调,此处代指与音乐关系密切的元曲。关于宫商,参看关汉卿《不伏老》注。 ②"空赢得"句:据《录鬼簿》称:乔吉"有题西湖《梧叶儿》百篇,名公为之序。江湖四十年,欲刊所作,竟无成事者"。空赢得满头白发,可能指此。 ③ 仙禽:仙鹤。古时人死了,常称乘仙鹤升天。

剑①,重听膝上琴②,漫携琴载酒相寻。

【翻译】

  一生五湖四海飘零,
    很少遇到知音,
  创作几支杂剧散曲,
    都是沥血呕心。
  人生百年不过如此,
    还有什么可争?
  徒然熬得满头白发,
    终究事事难成。
  你已驾着仙鹤,
    飞上那云雾缭绕的仙境,
  我将学习季扎,

---

  ① 坟前剑:据《史记·吴太伯世家》(亦载刘向《新序·节士》)称:春秋时吴国公子季札历聘诸国,带剑过徐,徐君观剑爱之未敢言,季札知其意心许之,但因出使重任在身而未给。后季札返徐,徐君已死,季札将剑挂于徐君坟前。后以"坟前挂剑"表示重于情义,不忘故人。 ② 膝上琴:据《列子·汤问》(又见《淮南子·本味》)称:春秋时俞伯牙弹琴,钟子期理解琴中深意,后以"知音"、"知己"表示两人心心相印,相知之深。

往你坟前挂剑表衷情。
我要像那钟子期，
　　再次聆听知己的琴音。
我将一直提琴载酒，
　　天南海北把你追寻。

汪 元 亨

汪元亨,生卒年不详,字协贞,号云林,别号临川佚老,饶州(今江西波阳)人。元末任浙江省掾,后居常熟。著杂剧3种,今不传,散曲存《云林小令》100首,套数1篇。

小 令

[双调·蟾宫曲]

归 隐

作者的散曲作品,多以歌颂隐逸生活来表示对现实的不满。在这首题为《归隐》的小令里,通过形象的比喻,作者描写并评价了社会上的各种人物,歌颂了急流勇退、摆脱名利的历史豪杰,表达了他厌恶世俗纷争、追求退隐安逸的思想。

想英雄四海为家,楚尾吴头①,海角天涯。叹釜里游鱼,羡林中归鸟,厌井底鸣蛙。荣与辱翻腾不暇,废和兴更变多差②。尘事如麻,吾岂匏瓜③,辞去张良④,谏退蚔蛙⑤。

【翻译】
　　看那世上英雄,都以四海为家,
　　来往楚湘吴越,走遍海角天涯。
　　哀叹锅里的游鱼,
　　羡慕林中的归鸟,
　　厌恶井底的鸣蛙。

①楚尾吴头:指长江湖北段的下游,江苏段的上游,表示地域广大。　②多差:多种多样,变化多端。　③匏(páo袍)瓜:一种一年生草本植物,俗名瓢葫芦,果实球形比葫芦大,可做水瓢。此处用《论语·阳货》"吾岂匏瓜也哉!焉能系而不食?"之意,表示不能久系一处。　④辞去张良:指张良辞汉事。据《史记·留侯世家》称:张良辅助刘邦建立汉朝后,封留侯,便功成身退,不再参与朝政。　⑤谏退蚔蛙(chí wā 迟洼):蚔蛙为战国时齐国的大夫,曾谏齐王而不用,即辞官而退。事见《孟子·公孙丑》。

人们的荣辱升降,总在不停地翻腾,
朝代的兴废更迭,老是不断地变化。
人世间的干扰纷乱如麻!
我岂是系死一处的匏瓜?
看张良功成身退,辞别汉朝,
学蚯蛙谏而不用,退隐归家。

倪　瓒

倪瓒(1301—1374),初名珽,字元镇,号云林子、风月主人、沧浪漫士等,江苏无锡人。爱作诗,善操琴,是元代有名的画家。家境富饶,一生不愿做官,至正初年散家资与亲故,弃家泛舟五湖三泖(今太湖、松江一带)隐居山林二十年,自称"倪迂"、"懒瓒"。著有《清闷阁集》12卷,散曲存小令12首。

小 令

[双调·殿前欢]

"揾啼红"

这首小令写一妇女春天独自调瑟弹琴时的复杂心情,既有伤春之哀,又有恋怀之爱,更有别离之怨。作者把写景抒情溶于一笔,句句形象鲜明,又句句感情深沉,把主人公内心炽热悠深的情绪表达得十分充分。加之作者巧妙地化用前人诗句,构成一种特殊的艺术意境,细腻完美地表现了主人公的感情世界,更增加了这首小令的艺术感染力。

揾啼红①,杏花消息雨声中②。十年一觉扬州梦③,

---

① 揾(wèn 问):擦、拭。啼红:粉红色的泪痕。眼泪与红粉搅和在一起,泪痕也就是红的了。白居易《琵琶行》"梦啼妆泪红阑干",也是这个意思。 ②"杏花"句:语出宋代诗人陈与义《怀天经、智老,因访之》诗:"客子光阴诗卷里,杏花消息雨声中。"这是说作者面对春天的景色,想起了自己的朋友。 ③"十年"句:语出唐朝诗人杜牧《遣怀》诗:"十年一觉扬州梦,赢得青楼薄幸名。"是说作者过去在扬州当幕僚时的美好生活像一场大梦一下就消失了。

春水如空。雁波寒写去踪,离愁重,南浦行云送①。冰弦玉柱②,弹怨东风。

【翻译】

  轻轻抹掉红粉泅泅的泪痕,
  离人消息来自杏花春雨中。
  十年岁月犹如一场虚梦,
  锦绣年华恰似春水流空。
  春江水冷,飞雁匆匆留去影,
  南浦送君,白云悠悠离愁重。
  金弦玉瑟,低眉信手反复弹,
  千愁万绪,嘈嘈杂杂怨春风。

---

  ① 南浦:原指南面的水边,后指送别之地,如屈原《九歌·河伯》"送美人兮南浦",又如南朝梁·江淹《别赋》"送君南浦,伤如之何"。 ② 冰弦玉柱:指琴瑟等弦乐器。语出南朝梁·沈约《咏筝》诗:"秦筝吐艳调,玉柱扬清曲。"又唐诗人陈子昂《于长史山池三日曲水宴》诗:"金弦挥赵瑟,玉柱弄秦筝。"

刘 庭 信

刘庭信,生平不详,初名廷玉,排行第五,身长而黑,人称黑刘五。益都(今山东中部)人。为人落拓不羁,以填词为事,能信口拈句。散曲存小令39首,套数7篇。多写闺情别怨,唯风格天然淳朴,在元末散曲作家中独树一帜。

小 令

[双调·蟾宫曲]

忆 别

《忆别》原作共十二首,从各个角度写尽闺情别怨。这首也写离别,作者没照一般的写法去渲染离别的苦情,而是另辟蹊径,先从分析"离别苦"三个字的结构特点写起,手法新鲜别致,接着写夫妻离别的动人场面,以妻子第一人称的口吻,生动直接地表达了内心热烈真挚的爱情。这是一个新型的女子形象,既要求丈夫坚贞不渝的爱情,又希望丈夫功成名就,她之所以忍痛送别丈夫,是期望丈夫得官荣归后的重逢。人物性格丰满、真实、可信,语言通俗、活泼、本色,增加了作品的艺术魅力。

想人生最苦离别,三个字细细分开①,凄凄凉凉无了无歇。别字儿半晌痴呆,离字儿一时拆散,苦字儿两下里堆叠。他那里鞍儿马儿身子儿劣怯②,我这里眉儿眼儿脸脑儿乜斜③。侧着头叫一声"行者",阁着泪说一句"听者:得官时先报期程,丢丢抹抹远远的迎接④。"

【翻译】

　　人生离别苦,委实最难耐!
　　试将这三字,一一细分解:

――――――

①"三个字"句:指"别离苦"三个字,下面分别写了这三个字的结构形态特点。 ②劣怯:同"趔趄"(liè qiè),脚步不稳,身体歪斜。 ③乜(miē 灭阴平)斜:眯着眼睛斜视。 ④丢丢抹抹:羞羞答答,忸怩作态。

字字饱含无穷的凄凉，
个个都有无尽的悲哀。
别字的一半像痴呆的呆，
离字一拆就意味着分散，
苦字的下边在草堆里埋。
他一路走来步态趔趄，
　骑到马上身斜脑歪；
我探头露脸猛往前赶，
　眯着眼睛仔细观看。
我侧着头怯怯地说上一声："你去吧！"
又含着泪轻轻地嘱咐一句："你听着：
　你中举得官，要早早地把归期报告，
　我羞喜难耐，定远远地去接你回来！"

汤 式

汤式,生卒年不详,字舜民,号菊庄,象山(今浙江象山县)人。元末做过象山县小吏,后落魄江湖。入明以后,成为颇受皇帝厚爱的文人。曾为明成祖朱棣的文学侍从,宠遇优厚,但他无意为官,却勤于创作,作杂剧2种,不传,有散曲集名《笔花集》,今存小令170首,套数68篇。

小 令

[双调·庆东原]①

京 口 夜 泊

京口即今江苏镇江。这首《京口夜泊》是写作者孤身飘泊数日,远离故乡一千多里,夜宿镇江船中的思乡之情以及对飘泊生活的感慨。通过三种不同的声音,把作者内心复杂深沉的思想感情,表现得既形象生动,又新颖深刻。城头鼓声引起人们对历史的沉思,产生兴废无定、岁月蹉跎之感叹;江心浪声引起人们对现实的警觉,产生世途险恶、行路艰难的感叹;山顶钟声引起人们对前途的忧虑,产生消极遁世、超然脱俗的感叹。这三种声音,在孤寂的夜里阵阵传来,引起了作者的缕缕愁思,既渲染了环境气氛,也深化了主题思想,因而给予读者以无限的联想。

故园一千里②,孤帆数日程,倚篷窗自叹飘泊命。城

---

① [庆东原]:属[双调]宫曲调,宜于表达激越豪放的感情。句式为三三七、四四四、五五,共八句六韵,第一、七句不用韵。首二句和末二句一般要求对仗,第二节三个四字句多作鼎足对。 ② 故园:即故乡。千里:泛指遥远,是说镇江与作者故乡象山县相距之远。

头鼓声,江心浪声,山顶钟声。一夜梦难成,三处愁相并①。

【翻译】

　　京口故乡隔千里,
　　孤舟飘荡已数日,
　　夜深独自倚船窗,
　　飘泊生涯堪叹息!
　　城头鼓点敲碎心,
　　江心涛声搅肠急,
　　山顶钟声传天际。
　　一夜辗转不成眠,
　　三种愁声相交织。

---

　　① 三处愁:指上文城头、江心、山顶三处的声音引起的愁绪。

兰　楚　芳

　　兰楚芳,兰一作"蓝",生卒年不详,西域人。曾任江西元帅,和刘庭信友好,二人曾在武昌相互唱和,被时人比作唐代的元稹、白居易。散曲存小令9首,套数3篇。

小　令

[南吕·四块玉]

风　情

　　这首《风情》写得清新别致,感情纯真直率,语言质朴淳拙。作者一反封建社会"郎才女貌"的爱情观,提出"心儿真"、"情儿厚"作为婚姻的基础,是对传统陈腐观念的大胆否定,具有积极意义。

我事事村①,他般般丑。丑则丑村则村意相投,则为他丑心儿真博得我村情儿厚。似这般丑眷属,村配偶,只除天上有。

【翻译】
  我处处笨拙、粗俗,
  她样样难看、丑陋。
  她丑虽丑,我粗虽粗,
  可我俩心意最相投。
  正因为她丑,才对我心儿真,
  也由于我粗,博得她情儿厚。
  这样的丑陋夫妻,
  如此的粗俗配偶,
  恐怕是世上难寻,
  除非只天上才有。

---

① 村:含有粗、俗、笨、蠢之意。

无 名 氏

小 令

[正宫·醉太平]

堂 堂 大 元

这是元末一首有名的民间唱曲，自京师以至江南，广为传唱。它深刻地揭露了元代末年奸佞专权，滥施刑法的黑暗现实，对当时的政治、经济和法制等方面作了全面的抨击，揭示了"官逼民反"，人民群众奋起斗争的社会原因，矛头直指元朝当权的统治者，是一首思想尖锐、切中时弊的优秀小曲。

堂堂大元①,奸佞专权②。开河变钞祸根源③,惹红巾万千④。官法滥刑法重黎民怨,人吃人钞买钞何曾见⑤,贼做官官做贼混贤愚。哀哉可怜!

【翻译】

堂堂正正我大元,

奸臣佞邪揽大权。

开河换钞起事端,

误国害民是根源。

官逼民来民造反,

红巾十万卷中原。

官法滥施刑罚重,

---

① 大元:元朝。 ② 奸佞(nìng泞):奸邪诡诈的谄媚者。 ③ 开河:元代黄河曾一年三缺其口,元顺帝至正十一年(1351),征民夫十五万,派戍军二万,改黄河故道入海,官吏乘机盘剥,百姓大受其害。变钞:元代先后发行过好几种钞票,至正十年,因至元宝钞贬值,右丞相脱脱又变更钞法,新铸至正钞,与至元宝钞并用,老百姓在新旧钞票兑换中又受剥削。 ④ 红巾万千:指元末刘福通、韩山童、徐寿辉等利用白莲教组织的农民起义,他们以红巾包头,以红旗为号。开始时只有应召治河民工三千人,后发展至十几万,遍及黄河与长江之间的广大中原地区。 ⑤ 钞买钞:指投机分子,乘旧币换新币之机,倒买倒卖新旧钞票,从中渔利。

酷吏肆虐百姓怨。

人相吃来钱相换,

何曾见此惨人寰。

官做贼来贼当官,

贤愚不分大混乱。

多么可怜又可悲!

令人愤慨又心酸!

[中吕·朝天子]①

志感(二首)

  这两首小令题为《志感》,志,就是记载自己感慨之意。作品揭露元代社会贤愚无辨、清浊不分、坏人专权、好人受欺的黑暗现实,着重谴责元蒙统治者摧残文化、轻视知识、毁灭人才的恶劣行径,尖锐地批判了"依本分只落的人轻贱"和"智和能都不及鸭青钞"的腐败世风,表达了广大知识分子的强烈不满。全曲语言质朴明快,锋利有力,衬字的灵活运用,巧妙的对比手法和排比句式的整齐出现,都充分地表达了作品的思想内容,增强

---

  ① [朝天子]:属[中吕]宫曲调,又名[朝天曲]、[谒金门]。句式为二二五、七五、四四五、二二五,共十一句十一韵。韵密句促是其特点。

了作品的艺术感染力。

　　不读书有权，不识字有钱，不晓事倒有人夸荐。老天只恁忒心偏①，贤和愚无分辨。折挫英雄，消磨良善，越聪明越运蹇②。志高如鲁连③，德过如闵骞④，依本分只落的人轻贱。

　　不读书最高，不识字最好，不晓事倒有人夸俏。老天不肯辨清浊，好和歹没条道。善的人欺，贫的人笑，读书人都累倒。立身则小学⑤，修身则大学⑥，智和能都不

---

① 只恁(nèn 嫩)：这样，那么。忒(tuī 推)：太。　②蹇(jiǎn 简)：不顺利。　③鲁连：即鲁仲连，战国时齐人。据《史记·鲁仲连列传》称：秦军围赵，魏王遣使劝赵王尊秦为帝，鲁仲连闻之，面见赵王陈述帝秦之害，阻止了赵王奉秦为帝，并为赵国解了围，赵平原君欲以重金酬谢，鲁辞而不受，被誉为志节高尚之人。　④闵骞：即闵子骞，春秋时鲁国人，孔子学生。据《史记·仲尼弟子列传》称：闵性孝顺，继母虐待他，其父欲逐继母，他为之求情说："母在一子寒，母去三子单。"被视为德行高尚的人。　⑤小学：指宋代朱熹、刘子澄编的儿童教育课本。全书分内外两篇，共六卷，计《立教》、《明伦》、《敬身》、《稽古》和《嘉言》、《善行》，全是封建道德的言行标准。
⑥大学：儒家经典之一，原为《礼记》的一篇，宋代把它从《礼记》中抽出，与《论语》、《孟子》、《中庸》合称"四书"，提出格物、致知、诚意、正心、修身、齐家、治国、平天下等要求，成为以后封建社会科举取仕的初级标准书。

及鸭青钞①。

【翻译】

不读书的人手中有权,
不识字的人家里有钱,
不谙世事不遵公理的人,
反而有人夸奖推荐。
老天爷为何如此偏心眼,
贤明与愚昧,概不加分辨,
摧残英雄汉,折磨善良人,
越聪明的人命运越艰险。
即便你——
志向远大有如鲁仲连,
德行高尚超过闵子骞,
到头来——
照章办事,安分守己,
只能落得人人相轻贱。

不读书的人地位最高,
不识字的人生活最好,

① 鸭青钞:当时的一种颜色青黑的钞票。

不懂人事不讲道理的人,
反而有人赞美夸耀。
老天爷不肯辨别是与非,
好的和坏的,没有划清道,
老实本分受人欺,清贫俭朴被人笑,
勤奋读书人,个个累病了。
就算你——
做人规范达到了《小学》目标,
品德修养按照那《大学》提高,
到头来——
才智出众,能力高超,
也不如那崭新的钞票。

《古代文史名著选译丛书》编纂始末①

马樟根　安平秋

今年1月,《古代文史名著选译丛书》已经出到100种101册(其中《史记》为2册)。4月份,最后的33种也已交稿。这样,全书133种即将呈献在读者面前。② 一项服务当前、造福子孙的普及优秀古代文化、进行爱国教育的大工程将宣告完工了。回想

---

① 《古代文史名著选译丛书》由全国高校古籍整理研究工作委员会主持,古委会直接联系的18个古籍整理研究所为主要承担机构,章培恒、安平秋、马樟根任主编。本文于1992年4月,在《中国典籍与文化》杂志发表时题目是《衣带渐宽终不悔——〈古代文史名著选译丛书〉编纂始末》。这次将此文作为2011年修订版附录时,去掉原正标题,以原副标题为正式题目。 ② 至1994年4月最后定稿时,全书为135部。2011年修订版出版时,全书为134部。

这一套丛书动员18所院校,投入100余人,从1985年筹划,1986年起步,到今天已度过了六七年的岁月,个中甘辛令人难以忘怀。

一、北大·苏州·北大
——酝酿与筹划

编纂这样一套丛书,起因于1981年7月。当时陈云同志派人到北京大学召开了小型座谈会。来人告诉与会人员陈云同志最近在考虑两个问题:一个是粮食,一个是古籍整理。对古籍整理,特别讲到陈云同志说:"整理古籍,为了让更多的人看得懂,仅作标点、注释、校勘、训诂还不够,要有今译,争取做到能读报纸的人多数都能看懂。有了今译,年轻人看得懂,觉得有意思,才会有兴趣去阅读。今译要经过选择,要列出一个精选的古籍今译的目录,不要贪多。"这就是后来收入《陈云文选》的那段话。1981年9月,中共中央关于整理我国古籍的文件中一字不差地强调了这段话。1983年,教育部成立了全国高校古籍整理研究工作委员会(简称古委会)。古委会主任周林同志根据中央和陈云同志意见,提出了组织力量今译古籍。但在当时,经过"文革"后的古籍整理工作百废待兴,加之一些学者对今译重要性的认识远非今日之深,这一工作一拖便是两年。

1985年5月,全国高校古委会在苏州召开了一届二次会议。周林同志在会上作了"人才培养和古代文化遗产普及问题"的专题发言,他分析了"解放三十多年来,由于'左'的路线干扰,特别是'文化大革命',几乎使我们的民族文化到了中断的边缘,出现了对古代文化知之不多,或知之甚少的状况",要教育界的同志"做好普及古代文化知识的工作",搞好古籍的今注今译就是其中的一项重要任务,"高校古委会要在这方面多下功夫","高校古籍研究所无疑应担负起这个任务"。他针对当时一些人轻视古籍的今注今译思想,呼吁"我们对于选本、今译等有利于教育普及的东西,应承认它的学术价值","《昭明文选》、《唐诗三百首》、《古文观止》等是地道的选本,流传几百年,发生那么大的影响,能说没有水平?""专家们深入浅出的在对古文献研究基础上的译注,对普及古代优秀文化作出重大贡献,算不算高水平的成果呢?""古文既要译得恰当、准确,又要通畅易懂,难度是很大的","为了社会主义精神文明建设,古籍整理这方面也要作出应有的贡献"。一石激浪,沉寂了几年的今译古籍的话题又重新活跃起来。会上作了一番认真讨论。

　　经过这样的酝酿,1985年7月,全国高校古委会科研项目评审组的专家们聚集在北京大学勺园,筹划编纂一套古籍今译的精选本。初步定名为《古籍今译丛书》,议定了收书范围、内容,开列了65种书的选目。并决定由科研项目专家评审组召集人、复旦大学古籍所所长章培恒教授和参加过陈云同志在北大召开座谈会、当时古委会主管科研工作的副秘书长安平秋同志共同负责,与秘书处同志一起具体筹划。经几个月的筹备,决定由古委会直接联系的18个高校古籍研究所承担这一工作,组成编委会,并开列出89种书的选目,对选译的进度、规划亦作了设计。此时,几家出版社闻讯而至,表示愿意出版这套丛书。最早与我们联系的巴蜀书社的段文桂社长以其强烈的事业心和对古籍今译的高度重视感动了我们,于是决定邀请巴蜀书社编辑参加第一次编委会议。

二、从柳浪闻莺到桂子山上
　　　　——第一批书稿的产生

　　第一次编委会于1986年5月在杭州柳莺宾馆

召开。宾馆因位于西湖十景之一的柳浪闻莺而得名。全国高校18个研究所的24名学者和有关人员聚集在这风景胜地,无心观柳,亦无从闻莺,紧张地工作了三天。会上确定了这套普及读物的读者对象是具有中等以上文化程度的广大群众,收书范围是中国历代文史名著,在名著之中选精。所选书目,在原拟89种基础上,调整为116种,以形成系统性。书中选篇之下分提示、原文、今译、注释四部分,以译文为主,书前有一前言,书中加入必要的插图。每一种书约10—15万字。书名确定为《古代文史名著选译丛书》。即由到会的24位学者组成丛书编委会①,由章培恒、马樟根、安平秋三人任主编。于是,编委会立即分成三个工作小组,在会上分头拟出丛书《凡例》、《编写、审稿要求》和《文稿书写格式》,经讨论修改而形成了正式文字以供遵循。在

---

① 编委会成员按姓氏笔划排列为:

马樟根　平慧善　安平秋　刘烈茂　许嘉璐　李国祥
金开诚　周勋初　宗福邦　段文桂　董治安　倪其心
黄永年　章培恒　曾枣庄(以上为常务编委)
王达津　吕绍纲　刘仁清　刘乾先　李运益　杨金鼎
曹亦冰　常绍温　裴汝诚(以上为编委)

自报的前提下,会上确定了由18个研究所承担前40部书的今译任务,要求当年年底完成。古委会主任、丛书顾问周林同志对编委会的认真精神、紧张工作和显著效率十分赞赏,他说:"有这样一个编委会,有这样一个阵容来做选译,使中国历史文化不成为专属于少数人的知识,使能看报纸的人都读懂自己民族的名著,从而树立爱国主义、建设有民族特色的精神文明,其意义之深远将会在今后愈益显露出来。"于是,有1000余万字的大工程便从这里开始了。

当年年底各研究所的今译书稿经作者完成后,由在该所的编委审改,到1987年5月和7月,先后在复旦大学、北京大学两次召开编委审稿会。这种审稿会,说是审稿,实际上是边审边改,字斟句酌,每部书稿必须经一位编委、一位常务编委审改把关,经过这样两道工序,汇总到主编手中,40部书稿通过了25部。其中部分书稿赶印了样稿征求意见。于是周林同志于7月6日在北大临湖轩邀请了在京十几位专家与正在审稿的编委一起研究样稿,探讨如何提高这套今译丛书的质量。

根据编委审稿发现的问题和在京专家们的意

见，丛书亟需在已定体例的框架中条列细则；而出版单位巴蜀书社又希望所出版的第一批书为50种以便形成格局，需要布置各研究所承担新的今译任务。这样，1987年10月在华中师范大学再次召开了编委会，又请了詹锳、周振甫、刘乃和、郭预衡等先生到会指导。

　　这次编委会是在审看了40部书稿后，发现了一大批问题亟待解决，又是在需要布置下一步任务的状况下召开的，是一次承上启下的编委会。会议初期人们的心情和会上的气氛都带有一股子严峻与急切。会议从5日到8日开了三天半。但是在4日晚上开预备会的时候，主编章培恒先生尚未到会，亦无他是否已从上海出发的信息。5日上午就要开会了，主编不到怎么行呢？5日一早，我们还在沉睡之中，忽听有人敲门，进来的竟是章培恒！一向风神儒雅、衣装考究的章培恒先生，此时却是一身尘灰、满脸疲惫地站在我们面前。原来他从上海出发前，未能买到机票或船票，而上海到武汉又没有直达火车，只好先从上海坐火车到长沙，为了不误5日上午开会，他只好买了一张无座票，夜间从长沙出发一直站到武昌。一向走路辨不清方向的章培恒竟然在夜色未退之前一人从车站摸到了华中师大专家楼,也算是奇迹。

这次编委会,从体例的具体要求、书中选篇是否合适、每篇中的提示如何写、注释的繁简和语言的通俗性,到今译的信达雅如何把握,例如李白的"床前明月光,疑是地上霜,举头望明月,低头思故乡"这样通俗的诗是否要翻译,在在都有热烈的争论。感谢编委们的努力和学术判断力,最后终于形成了一个《细则》,一切争论都统一在这个《细则》之上。编委们在思想明确、分得新的任务之后,显出了少有的轻松与喜悦。会议结束正逢中秋节,华中师大的专家楼坐落在武昌桂子山上。入夜,桂子山上举行了赏月茶会,几张方桌,围坐着全体编委和特邀到会专家。天上明月如盘,清辉洒地,眼前桂树葱茏,桂花飘香,华中师大古籍研究所的青年们活跃席间,引得王达津先生即席赋诗,刘乃和先生清唱京戏。这气氛预示着《古代文史名著选译丛书》克服了当前的困难,第一批50种书稿有如母腹中的胎儿,快要降生了。

三、华清池畔的愁云与人民大会堂的欢欣
——第一批书出版的柳暗花明

1988年10月,编委们再一次聚会,审定第一批

50种中的最后十几部书稿、修改第二批50种中的大量书稿。这次审稿是在"东枕华山、西拒咸阳"的骊山脚下、华清池滨的一家招待所。这里古朴而不豪华,食宿低廉却又实惠,审稿之余,左近有风景可观,有古迹可寻,房内有43℃的温汤沐浴,编委们平日在校教学、科研工作劳累而生活清苦,如今有这样的环境与条件,感到少有的惬意。我们作为主编觉得这也是对编委们两年来辛勤编书的一点补偿。但这种适意之感很快就被两件事所驱散。一件事是书稿的质量。几十部书稿交来,一经审看,从注译到体例完全合格的只有寥寥可数的三四部,余下的,或需小改,或需大改,或根本不合格需退回重作。另一件事是出版发行成了问题。到会的巴蜀书社副社长黄葵同志向大家通报了即将印出的16本书征订情况,最多的为2000册,且只有一种,其他的只有800册、600册,甚至还有200余册。征订不佳,销路不畅,出书要赔钱,出版社为难,编委们又无计可施。此时哪还有心思去观赏"骊山云树郁苍苍,历尽周秦与汉唐"?也无心绪登上骊山,在烽火台前怀古。且正值"楼台八月凉"的节令,只有华清池畔秋雨飘零,秋风瑟瑟,落叶满地,不禁愁从中来。

愁则愁，还得面对现实。书稿质量不高，靠到会近20位编委十余天的逐字逐句修改，终于改定合格17部。至于出版发行问题，巴蜀书社的朋友费心经营，重新设计了封面，改进装帧，将第一批50种装成一个大礼品盒，成盒出售。从中又得到了国家新闻出版署、四川省出版局、国家教委有关司局和各省市教委的大力支持与帮助，发行面得以扩大，到了1990年下半年，首印的17000套书销售已尽，而问讯、索购者不绝，出版社决定再印30000套以供读者需要。中央领导了解到这套丛书受到读者欢迎，欣然为丛书题辞，江泽民总书记的题辞是"做好我国古代文史名著的传播普及工作，使其古为今用，以发扬爱国主义精神"，李鹏总理的题辞是"弘扬民族优秀文化，激励爱国主义精神"。李瑞环同志也为丛书题了辞。

1990年8月22日在北京人民大会堂召开了《古代文史名著选译丛书》出版座谈会。国家领导人李铁映、胡乔木、李德生、陈丕显、廖汉生、王汉斌、王光英出席，古委会主任周林同志主持会议，到会各阶层代表在发言中从不同角度肯定了这套书对促进青少年了解历史、了解国情、了解中华民族优秀传统文化、进行爱国主义教育的作用。时值盛夏,却逢喜雨,洗却了编委和出版社同志心中的忧虑,参加大会堂座谈会的13名常务编委会后又聚集在北京大学讨论深入认识编纂这套丛书的重大意义,研究审改好第二批书稿的具体措施。

四、从舜耕山庄耕作到乐山脚下
——第二批书稿审定之艰辛

第二批书稿50种50册,是1987年10月布置的。1988年10月在西安审改合格的17部书稿都已放入第一批中以替换原已通过的第一批中质量较差的书稿。这样,第二批书稿当时余下的已完成的有20余部,却都不合格,只能要求译注者和编委再行修改。一年之后,编委会汇总来重新改好和新译注交来的第二批书稿44部,1989年10月于济南千佛山下的舜耕山庄召开了常务编委审稿会。

这次审稿,发现的问题较多。有的选目不当,如有的史书重要人物的传不选却选入无关紧要而又无学习价值的人物传,有的名家的文章名篇不选却选入既无文学价值又无借鉴意义的篇章。有的选译所依据的底本不当,舍弃现有的精校本却用校勘不善的本子。有的虽有根据地改动正文却只在注释中说"原作……据别本改",而不指明据何本改。有的注释过繁,不利于一般读者阅读;有的注释极简,该注释的地方不注,使广大读者看了译文仍无法理解全文的精妙;而更多的是注释不准确,对一字一词增字为训而歪曲了原意的毛病也较普遍。译文问题更多,有的语义不清,佶屈聱牙,把"三顾频烦天下计,两朝开济老臣心"译为"三顾茅庐频烦为天下大计,两朝事业开济尽老臣忠心",有的为追求通俗生动把"君何往"中的"君"译为"老兄"。每篇的提示,有的写得很长变成了文章赏析,有的虽短却不中肯綮,用了类似"文革"期间的语言扣几顶大帽子了事。看这样的稿子都觉头痛,改这样的稿子更感艰难。审稿历时12天,参加审稿、当时63岁的黄永年先生向我们诉苦:"头发掉了一把!"有的编委说,千佛山古称历山,传说舜在这里开垦耕耘,十分艰辛,我们住在舜耕山庄,预示着我们为这套丛书垦荒笔耕,也要历尽千辛。这次审稿,经过审改之后,有10部书稿合格,有11部需会后再作小的修改方能通过,余下的均需作大的改动或另请人译注。

这次审稿还研究了所选戏曲部分的曲辞如何今译问题，如规定了念白中出现的诗句只注不译，上、下场诗只注不译，注而不译的文字在译文中应予保留以便参读。

到1990年12月，丛书常务编委在广州研究丛书如何体现批判继承精神、如何提高第二批书稿质量时，又有18部书稿完成交来。为了保证书稿质量，使1991年上半年召开的常务编委审稿会得以顺利进行，我们三个主编从广州匆匆赶到北京，用了一周时间审看了这18部书稿，通过了7部，11部退改。当我们看完最后一部书稿碰头研究时，已是12月31日。在1990年一年内，我们仅仅通过了这7部书稿。加上1989年在舜耕山庄通过的10部，也仅有17部，尚差33部方足第二批的50部。

1991年5月，常务编委来到古称嘉州的乐山市，在乐山山腰的八仙洞宾馆继续审改第二批书稿。改稿时间只有十天，要力争将50部推出，其繁重可知。我们在改稿过程中，不禁想到明万历年间嘉州知州袁子让的诗句"登临始觉浮生苦"，想到这套丛书从起步到这次审改已历时5年，当初怎么也没有想到完成这套丛书会是如此的艰辛，真是登临始觉笔耕苦啊！

这次乐山审稿，通过了13部书稿。好在余下的20部书稿只须小改即可在会后交稿，终于在1991年8月将这20部书稿全部改定交巴蜀书社。第二批50部历时近四年终于定稿了。

五、在金陵古都作光辉的一结
——第三批书稿的完成

1990年12月据出版社的要求，这套丛书出齐当为150种，到乐山会上又修正为110种至125种，最后数字的确定根据最后一次审稿结果而定，合格的即入选，不合格的不再修改选入。根据这一共识，今年4月中旬，我们一部分常务编委聚集到六朝古都南京，从已经交来的35部书稿中选择经小改合格的书稿。经过十一天的劳作，选择、改定33部，由到会的常务编委、巴蜀书社的段文桂总编和编委、巴蜀书社的刘仁清副编审带回成都，将经由他们的继续辛苦而使《古代文史名著选译丛书》以133部、1500万字之数呈献给热爱中华文化的读者。

这套丛书从1986年5月起步，历时整整六年，平日繁细工作不计，仅编委大小审稿会就开了12次之多。丛书的发起人、顾问、古委会主任周林同志先后参加了8次审稿会,每次都自始至终和大家在一起,听取审稿情况,了解遇到的问题;当我们遇到困难的时候他为我们鼓劲,当我们感到欣喜的时候他提醒我们不可大意。这次他又和我们一起来到虎踞龙蟠的石头城下,为我们督阵,看我们能否为这套丛书作出光辉的一结。

此时此刻,我们与这次会议的东道主、丛书常务编委、南京大学的周勋初先生漫步在中山陵旁,想到今译丛书已基本完成,自然感到如释重负,但理智却使我们不敢轻松,我们期待着全书133部出齐之后专家、读者的评头品足。

1992年4月26日

(原载《中国典籍与文化》1992年第1期)

古代文史名著选译丛书(修订版)总目

丛书主编:章培恒　安平秋　马樟根

书　名	译注者		审阅者		定价/元
老子注译	张玉春	金国泰	安平秋		16.00
庄子选译	马美信		章培恒		18.00
荀子选译	雪　克	王云路	董治安	许嘉璐	19.00
申鉴中论选译	张　涛	傅根清	董治安		18.00
颜氏家训选译	黄永年		许嘉璐		15.00
论语注译	孙钦善		宗福邦		28.00
孟子选译	刘聿鑫	刘晓东	黄　葵		20.00
墨子选译	刘继华		董治安		14.00
韩非子选译	刘乾先	张在义	黄　葵		19.00
新序说苑选译	曹亦冰		倪其心		25.00
论衡选译	黄中业	陈恩林	许嘉璐		22.00
管子选译	缪文远	缪　伟	董治安		18.00
列子选译	王丽萍		周勋初	倪其心	19.00
韩诗外传选译	杜泽逊	庄大钧	董治安		24.00
盐铁论选译	孙香兰	刘光胜	黄永年		13.00
诗经选译	程俊英	蒋见元	刘仁清		19.00
楚辞选译	徐建华	金舒年	金开诚		15.00
贾谊文选译	徐　超	王洲明	安平秋		17.00
司马相如文选译	费振刚	仇仲谦	安平秋		11.00
文心雕龙选译	周振甫		黄永年		17.00
庾信诗文选译	许逸民		安平秋		18.00

书　名	译注者		审阅者		定价/元
嵇康诗文选译	武秀成		倪其心		18.00
谢灵运鲍照诗选译	刘心明		周勋初		18.00
陈子昂诗文选译	王　岚		周勋初	倪其心	14.00
李白诗选译	詹　锳	等	章培恒		22.00
高适岑参诗选译	谢楚发		黄永年		23.00
元稹白居易诗选译	吴大逵	马秀娟	宗福邦		21.00
柳宗元诗文选译	王松龄	杨立扬	周勋初		18.00
李贺诗选译	冯浩菲	徐传武	刘仁清		20.00
杜牧诗文选译	吴　鸥		黄永年		14.00
李商隐诗选译	陈永正		倪其心		19.00
唐五代词选译	亦　冬		董治安		16.00
唐文粹选译	张宏生		周勋初		18.00
晚唐小品文选译	顾歆艺		平慧善		15.00
黄庭坚诗文选译	朱安群	等	倪其心		18.00
辛弃疾词选译	杨　忠		刘烈茂		24.00
元好问诗选译	郑力民		宗福邦		20.00
宋四家词选译	王晓波		倪其心		16.00
黄宗羲诗文选译	平慧善	卢敦基	马樟根		15.00
吴伟业诗选译	黄永年	马雪芹	安平秋		20.00
方苞姚鼐文选译	杨荣祥		安平秋		20.00
明代散文选译	田南池		马樟根		22.00
顾炎武诗文选译	李永祜	郭成韬	刘烈茂		23.00
张衡诗文选译	张在义 韩格平	张玉春	刘仁清		16.00
汉诗选译	张永鑫	刘桂秋	金开诚		19.00

书名	译注者		审阅者		定价/元
阮籍诗文选译	倪其心		刘仁清		15.00
三曹诗选译	殷义祥		刘仁清		22.00
诸葛亮文选译	袁钟仁		董治安		16.00
陶渊明诗文选译	谢先俊	王勋敏	平慧善		16.00
杜甫诗选译	倪其心	吴鸥	黄永年		17.00
王维诗选译	邓安生	等	倪其心		20.00
刘禹锡诗文选译	梁守中		倪其心		20.00
孟浩然诗选译	邓安生	孙佩君	马樟根		18.00
韩愈诗文选译	黄永年		李国祥		20.00
欧阳修诗文选译	林冠群	周济夫	曾枣庄		20.00
曾巩诗文选译	祝尚书		曾枣庄		19.00
苏轼诗文选译	曾枣庄	曾弢	章培恒		23.00
李清照诗文词选译	平慧善		马樟根		15.00
陆游诗词选译	张永鑫	刘桂秋	黄葵		24.00
朱熹诗文选译	黄珅		曾枣庄		20.00
文天祥诗文选译	邓碧清		曾枣庄		20.00
袁枚诗文选译	李灵年	李泽平	倪其心		20.00
王安石诗文选译	马秀娟		刘烈茂	宗福邦	18.00
二程文选译	郭齐		曾枣庄		25.00
范成大杨万里诗词选译	朱德才	杨燕	董治安		26.00
萨都剌诗词选译	龙德寿		曾枣庄		28.00
王阳明诗文选译	吴格		章培恒		18.00
徐渭诗文选译	傅杰		许嘉璐	刘仁清	17.00
李贽文选译	陈蔚松	顾志华	李国祥	曾枣庄	17.00

书名	译注者		审阅者	定价/元
三袁诗文选译	任巧珍		董治安	17.00
王士禛诗选译	王小舒	陈广澧	黄永年	13.00
龚自珍诗文选译	朱邦蔚	关道雄	周勋初	13.00
尚书选译	李国祥 谢贵安	刘韶军 庞子朝	宗福邦	14.00
礼记选译	朱正义	林开甲	宗福邦	22.00
左传选译	陈世铙		董治安	22.00
国语选译	高振铎	刘乾先	黄葵	22.00
战国策选译	任重	霍旭东	李国祥	21.00
吕氏春秋选译	刘文忠		董治安	17.00
吴越春秋选译	郁默		倪其心	19.00
史记选译	李国祥 张三夕	李长弓	安平秋	29.00
汉书选译	张世俊	任巧珍	李国祥	22.00
后汉书选译	李国祥 彭益林	杨昶	许嘉璐	24.00
三国志选译	刘琳		黄葵	18.00
晋书选译	杜宝元		许嘉璐	15.00
宋书选译	漆泽邦	孔毅	李国祥	19.00
南齐书选译	徐克谦		周勋初	18.00
北齐书选译	黄永年		安平秋	16.00
梁书选译	于白		周勋初	17.00
陈书选译	赵益		周勋初	17.00
南史选译	漆泽邦		安平秋	22.00
北史选译	刁忠民		段文桂	20.00

书　名	译注者		审阅者		定价/元
周书选译	黄永年		安平秋		15.00
魏书选译	杨世文	郑　晔	周勋初		22.00
隋书选译	武秀成	赵　益	周勋初		20.00
新唐书选译	雷巧玲	李成甲	黄永年		16.00
旧唐书选译	黄永年		章培恒		16.00
新五代史选译	李国祥 姚伟钧	王玉德	周勋初		18.00
旧五代史选译	贾二强		黄永年		17.00
宋史选译	淮　沛	汤　墨	曾枣庄		20.00
辽史选译	郭　齐	吴洪泽	曾枣庄		21.00
金史选译	杨世文 李文泽	祝尚书 王晓波	曾枣庄		21.00
元史选译	樊善国	徐　梓	马樟根		25.00
明史选译	杨　昶		李国祥		20.00
清史稿选译	黄　毅		章培恒		22.00
贞观政要选译	裴汝诚	王义耀	黄永年		18.00
史通选译	侯昌吉	钱安琪	周勋初		16.00
资治通鉴选译	李　庆		黄永年		16.00
续资治通鉴选译	徐光烈		安平秋		24.00
通鉴纪事本末选译	谈蓓芳		章培恒		21.00
洛阳伽蓝记选译	韩结根		章培恒		22.00
梦溪笔谈选译	李文泽		曾枣庄		20.00
徐霞客游记选译	周晓薇	等	黄永年	马樟根	17.00
宋代笔记小说选译	朱瑞熙	程君健	金开诚等		19.00
关汉卿杂剧选译	黄仕忠		刘烈茂		24.00

书　名	译注者		审阅者		定价/元
明代文言短篇小说选译	黄　敏		章培恒		23.00
六朝志怪小说选译	肖海波	罗少卿	刘仁清		21.00
世说新语选译	柳士镇	钱南秀	周勋初		23.00
水经注选译	赵望秦 张艳云	段塔丽	许嘉璐		19.00
唐人传奇选译	周　晨		曾枣庄		24.00
唐五代笔记小说选译	严　杰		周勋初		21.00
大慈恩寺三藏法师传选译	贾二强		黄永年		18.00
宋代传奇选译	姚　松		周勋初		22.00
聊斋志异选译	刘烈茂 欧阳世昌		章培恒		22.00
阅微草堂笔记选译	黄国声		安平秋		16.00
清代文言小说选译	王火青		周勋初		23.00
历代名画记图画见闻志选译	周晓薇	赵望秦	黄永年		17.00
容斋随笔选译	罗积勇		宗福邦		20.00
唐才子传选译	张　萍	陆三强	黄永年		24.00
西厢记选译	王立言		董治安		20.00
元代散曲选译	彭久安		刘烈茂	金开诚	21.00
日知录选译	张艳云	段塔丽	黄永年		22.00
桃花扇选译	张文澍		章培恒	段文楃	15.00
牡丹亭选译	卓连营		章培恒		14.00
长生殿选译	戚海燕		董治安		20.00